EL FARO DE LAS SOMBRAS

LOS NUEVE

SOFÍA RUIZ-ZORRILLA

El faro de las sombras
Los nueve

Primera edición: 2025

ISBN: 9791387984298
ISBN eBook: 9791387984762

© del texto:
   Sofía Ruiz-Zorrilla

© del diseño de esta edición:
   Caligrama, 2025
   www.caligramaeditorial.com
   info@caligramaeditorial.com

Impreso en España – Printed in Spain

Para Marco, Julia, Mara y Andrea.
Porque cada vez que tenía dudas su
emoción hizo que no me rindiera.

¿?

Érase una vez un niño deprimido, érase una vez un niño asustado, érase una vez un niño solitario.

No había lugar para este niño en su mundo. El niño no quería un lugar en su mundo, así que intentó quitarse de en medio.

Desde lo alto de un edificio, dio un paso adelante para desaparecer. Funcionó, pero no como él esperaba.

Cuando estaba llegando al suelo, en lugar de chocarse contra él, su sombra se lo tragó.

Y el mundo siguió girando...

Susan

—Déjame ver si lo he entendido bien, ¿dices que esto es una dimensión alternativa a la mía? —pregunté después de escuchar la explicación de Shine.

—Básicamente —contestó el chico sonriendo colgado bocabajo de la rama de un árbol.

Me había despertado en un frondoso bosque sin saber cómo había llegado allí. Lo último que recordaba era estar sentada debajo de un árbol cuando una sombra empezó a cubrirme y acabó por tragarme. Esta persona llamada Shine llevaba ya un rato explicándome lo que pasaba. Tenía la piel de color azul y orejas puntiagudas, su pelo corto dejaba ver unos pequeños cuernos que le salían de la cabeza y sobre ellos había un halo de ángel.

—Bienvenida al Reino del Abismo. No dejes que su apariencia siniestra te engañe. En realidad, este es un lugar bastante acogedor.

Eché un vistazo a mi alrededor: los troncos de los árboles eran grises y sus hojas completamente negras, el césped que pisaba también era gris y apenas había nada de luz. La verdad es que sí que se veía algo siniestro.

—¿Cómo estás? No te habrás vuelto loca, ¿no? —preguntó de la nada—. Les pasa a algunas personas cuando llegan aquí.

—C-creo que no —respondí algo nerviosa.

—Genial, pero por si acaso no hagas muchos esfuerzos. Si no estás acostumbrada a la energía de por aquí, podría afectar a tu cuerpo. No vayas a morir de agotamiento, ¡ja, ja, ja!

—...

Este lugar estaba empezando a asustarme.

—¿Cómo es que he acabado aquí?

—Pueees... alguien te ha tenido que invocar usando el faro. Habrá sido una equivocación, porque, aparte de a los tumbros, dejaron de traer a gente aquí después del incidente.

—¿Incidente? ¿Qué pasó?

—No tengo ni idea, nací justo después de que todo acabara. Mi tío Theo creó una ley que prohíbe hablar sobre el tema, por lo que la historia se ha perdido. Solo sé que alteró el orden natural de las cosas por aquí y no para mejor. Lo que me recuerda... —dijo a la vez que se ponía bocarriba— que tengo que sacarte de aquí. —Se levantó y empezó a saltar entre las ramas—. Sígueme.

Le acompañé caminando por debajo de las ramas por las que él iba pasando.

—¿Por qué no puedo estar aquí?

—Es que por la noche las peores pesadillas de las personas que están en este lugar se materializan e intentan matarlas —respondió con toda la naturalidad del mundo.

—¿Q-qué?

Esperaba que me dijera que era una broma, no fue así.

—No te preocupes. Aunque no lo parezca, aún queda bastante para que sea de noche.

—Va-vale —contesté agachando la cabeza.

Me hacía una idea de quién aparecería si mis miedos se materializaban y no me hacía mucha ilusión. Aunque no fuera a pasar nada, no podía evitar ponerme nerviosa.

Al volver a levantar la cabeza, me encontré con Shine justo delante de mí. De la sorpresa, pegué un salto hacia atrás.

—Tranquilízate, ¿quieres? No te va a pasar nada y, aunque aparecieran las pesadillas, yo te protegería —afirmó con una sonrisa pícara.

Su confianza me hizo sentir algo mejor y dejé mis nervios a un lado.

—Gracias, Shine.

—No me las des. Después de todo, ese es mi trabajo.

—Entonces, ¿eres como el guardián de este lugar?

—Bueno, técnicamente sí, pero solo ayudo a quien yo quiero. No me importa dejar que destripen a algún idiota de vez en cuando —respondió con una amplia sonrisa.

Estaba casi segura de que eso sí que era una broma o, al menos, eso decidí pensar.

Ambos continuamos caminando juntos hacia la salida del bosque. Ahora que estaba a mi lado, me di cuenta de que Shine y yo teníamos la misma altura.

Estuve reflexionando un poco sobre esto de estar en otra dimensión mientras andábamos. Había leído sobre dimensiones alternativas en los libros de mi maestro, pero todos decían que, aunque se podía echar vistazos a otros mundos, era imposible meterse en ellos.

—¿Adónde vamos? —le pregunté cuando me di cuenta de que aún no me lo había dicho.

—Al faro. Presta atención, tendrás que ir al noroeste hasta que lo veas. Ahí te vas a encontrar con alguien llamado Mesher, él será quien te devolverá a tu mundo. Normalmente, antes hay que rellenar una lista de objetos que consideres útiles para que te deje volver, pero, como he dicho antes, te habrán traído por error. Por eso, te devolverán enseguida.

—¿Y si quisiera quedarme un tiempo?

Shine se paró de golpe. Me miró fijamente con una enorme sonrisa y unos ojos bien abiertos.

—¿Quedarte?

—Si-si no puedo, da igual.

—No, no, no. Claro que puedes quedarte. De hecho, te animo a que te quedes.

Aunque mi llegada aquí hubiera sido algo repentino, estudiar otra dimensión era una oportunidad única que no podía desaprovechar. Además, no podría haber llegado en mejor momento. Me tomaría mi estancia aquí como unas vacaciones. Me vendrían bien, seguro que eso es lo que el maestro haría.

—Deberías intentar controlar esa actitud, así te meterás en problemas —soltó de la nada.

—¿Eh?, ¿qué quieres decir? —le pregunté preocupada.

—¿Qué? Ah, ¡no! Tranquila, no estaba hablando contigo.

—Ummm, está bien.

Me aliviaba que no le pareciera que tenía una mala actitud, pero éramos las dos únicas personas que estaban ahí. ¿A quién se lo decía?

—A ver, si quieres quedarte un tiempo, en vez de ir al noroeste, tendrás que ir al nordeste para llegar al coliseo. Ahí deberías encontrar a Ramstro. Se ve como yo, pero más alto y con la piel gris y su pelo le llega por debajo de las orejas y no tiene ni cuernos ni halo, pero, aparte de eso, nos vemos igual. Di que te he mandado yo y te enseñará el lugar —cambió el tema.

—Oh, pensé que me lo enseñarías tú.

—Imposible. Por el momento, no puedo salir de aquí. Cuando tenga vacaciones, a lo mejor voy a visitarte. Aunque si me necesitas, sabes dónde buscarme. Pero no vengas por la noche, no puedo garantizarte que me encuentre con ganas de salvarte de las pesadillas —terminó riéndose de una forma siniestra.

No acababa de entender su sentido del humor.

Seguimos hablando hasta que al fin llegamos a la salida del bosque. Una espesa niebla me impedía ver qué había más adelante.

—Parece que aquí nos separamos.

Me daba un poco de pena.

—Tú no te preocupes, Susan, seguro que nadie te mata.

—Aaah... Gracias, Shine —contesté esperando que tuviera razón.

Curiosamente, eso me motivó un poco. Shine era una persona muy particular y me caía bien.

Iba a empezar a caminar, cuando me di cuenta de que en ningún momento le había dicho mi nombre.

—¿Cómo has...? —intenté preguntar, pero cuando me di la vuelta no había ni rastro de él.

Como bruja que era, sabía que era mejor no cuestionarse algunas cosas, así que después de conjurar una luz y darle un trago a una de mis pociones seguí mi camino al coliseo.

Ramstro

—¡€&&/€:”/&:—/&! —gritaba el tumbro en un idioma desconocido a la vez que me golpeaba.

Me tenía agarrado con su cola y me abofeteaba con sus gigantescas manos. Escuchaba cómo el público le abucheaba y me animaba a que me liberase. Se lo habría agradecido si no tuviera sus puños en mi cara.

El tumbro me lanzó contra la pared del coliseo con fuerza, la pared se resquebrajó un poco por el impacto. Aquel monstruo corrió para embestirse contra mí, pero yo contaba con ello. Me aparté saltando hacia un lado en el último momento. Él no fue capaz de girar a tiempo debido a su gran peso y se chocó de lleno contra el muro, por poco lo tira abajo.

Aprovechando que aún no se recuperaba del golpe, me coloqué detrás de él, le agarré por la cola y empecé a hacerle girar acumulando fuerza centrífuga. Cuando consideré que ya lo había mareado suficiente, lo lancé al aire. Me concentré en invocar una lanza y con un ¡puf! apareció en mis manos. Cuando el tumbro cayó al suelo, le atravesé el estómago con ella. Se cubría mucho en esa parte durante el combate, así que supuse que sería más fácil por ahí. Me salpicó un poco de sangre rosa, o al menos creo que eso era sangre, y le seguí clavando la lanza hasta que al fin dejó de moverse. El público estalló en gritos de alegría.

Después de limpiarme la sangre, quitarme el traje de batalla y pasar por la enfermería, fui a la salida, donde me encontré con el patrón del coliseo.

—Buen trabajo, muchacho. ¿No te habrás hecho mucho daño? —me preguntó retorciéndose su bigote.

—No se preocupe, patrón, nada que no pueda soportar —le contesté restándole importancia.

El patrón apenas me llegaba a las rodillas y tenía un bigote pelirrojo frondoso que siempre se estaba retorciendo. Personalmente, me parece que su aspecto es bastante gracioso, pero es un tipo agradable y le respeto mucho.

—Cuando el nuevo gladiador se echó atrás, pensé que tendríamos que retener a esa bestia un día más. Me has salvado el culo, chaval.

El faro siempre hace aparecer a los tumbros en la prisión que había debajo del castillo y por la noche eran transportados al coliseo para los combates. Las jaulas del coliseo no son tan resistentes como las de la prisión. Si los tumbros permanecieran mucho tiempo en ellas, podrían acabar rompiéndolas y escapando y eso sería un problemón.

—No es nada. Ya sabe que estoy encantado de luchar siempre y cuando mi padre no se entere.

—Sin problema, con el casco puesto nadie te habrá reconocido.

El trabajo de los gladiadores era acabar con los tumbros, monstruos salvajes de otras dimensiones cuyo único propósito era la destrucción. Por eso, ser gladiador era mi trabajo soñado. Sin embargo, mi padre me tenía prohibido participar, decía que soy «demasiado valioso» como para jugarme la vida en las peleas. No es que me importe su opinión, pero tiene sus formas de impedírmelo. No obstante, como trabajo ahí de chico de los recados, el patrón y los luchadores del coliseo me dejaban entrenar con su equipamiento y luchar en algunas batallas contra enemigos débiles —todo esto a escondidas de mi padre, claro—. Preferiría trabajar como gladiador, pero algo es algo.

—Te invito a cenar a El Puerco como agradecimiento. No puedo acompañarte porque tengo papeleo que hacer, pero dile a Linda que lo ponga en mi cuenta.

Me dio unas palmaditas en la espalda a modo de despedida —tuvo que saltar para llegar a tocarme— y se fue de vuelta al coliseo.

Ese había sido el último combate del día, así que las salidas estaban llenas de personas. Había sido un día ajetreado y estaba un poco cansado. Mientras pensaba en lo que iba a pedir de cenar, bostecé y estiré los brazos. Alguien que estaba corriendo se chocó contra uno de ellos y se cayó al suelo. Me di la vuelta preocupado, esperando no haberle hecho mucho daño.

—¡Lo siento mucho! ¿Estás bien? —me disculpé inmediatamente y la ayudé a levantarse.

La persona a la que había tirado era una chica que tenía una piel blanca que solo le había visto antes a Theo.

De pie, me fijé más en su aspecto. Llevaba un extraño sombrero con una estrella bordada y un jersey con la mitad de arriba de rosa y la de debajo de color morado. Su pelo era castaño, largo y despeinado y cargaba con una desgastada bolsa de cuero.

—Sí, no pasa nada. Es culpa mía por no fijarme por dónde iba —contestó a la vez que buscaba algo con la mirada a nuestros alrededores.

—¿A qué viene tanta prisa? —quise saber al verla tan agobiada.

—Es que tenía que encontrarme con alguien por aquí, pero no le he visto nunca y ya le he confundido con otras cinco personas y ahora todo el mundo se está yendo y no sé si voy a poder encontrarlo —me explicó sin pararse a respirar.

—Pues es tu día de suerte. Da la casualidad de que yo conozco a todo el mundo en el coliseo, así que si me dices su nombre puedo llevarte con él.

—¿De verdad? —preguntó mostrando una amplia sonrisa.

—Pues claro, será mi forma de compensarte por haberte derribado.

—¡Bien! Muchas gracias. El chico al que estoy buscando se llama Ramstro, ¿te suena?

—¿Ramstro?

Eso no me lo esperaba.

—Exacto. ¿Sabes dónde encontrarlo? —insistió la chica.

—Pues ahora estás hablando con él.

Abrió mucho los ojos y se quedó muy callada. Me miró de arriba abajo antes de gritar:

—¡¿Tú?!

Eso la sorprendió bastante. Era de esperar, quién pensaría que la persona a la que le estás pidiendo indicaciones es a quien buscas.

—¿Y por qué me buscabas?

—E-es que soy nueva por aquí y en un bosque me encontré con alguien que me dijo que tú me enseñarías el lugar. Si no es un problema para ti, ¡claro!

Si se lo había encontrado en el bosque, se referiría a Shine. ¿Y qué quería decir con nueva por aquí? Nadie es nuevo por aquí, ¿de dónde se supone que iba a venir?

En ese momento, recordé una conversación que tuve con él hace unos años...

—A ver, pequeñín, esta es la quinta vez que te saco del bosque esta semana. ¿Tantas ganas tienes de morir? —me preguntó riendo.

—No quiero morir, solo quiero luchar contra las pesadillas.

—Eso he dicho, morir. Además, las pesadillas no son algo contra lo que puedes luchar con puños, se hace con la cabeza.

—Pues les daré un buen cabezazo.

Shine se echó a reír.

—Eres increíble, Ram.

—Entonces, ¿puedo luchar contra las pesadillas?

—No.

—Joo...

—Lo siento, pero tienes la mala suerte de que me caes bien y de que no me apetece sacar tu cadáver del bosque. Así que ¿qué puedo hacer para que dejes de venir?

Nada más abrir la boca, me cortó.

—No voy a luchar contra ti.

—¡Venga ya!

—¿De dónde sacas tantas ganas de pelear?

—Es que las peleas son superdivertidas, ¡uno nunca sabe lo que va a pasar! No como en la ciudad, ahí es todo siempre igual, me aburre.

—Umm, ya veo, quieres algo diferente. —Shine chascó los dedos—. ¿Y si te nombro guía de los Nueve?

—¿Qué son los Nueve?

—Viajeros interdimensionales que vienen a través del faro. Mi tío Theo tuvo un berrinche hace unos milenios y dejó de traerlos. Sin embargo, ha tenido mucho tiempo para calmarse, así que podrían volver en cualquier momento. ¿Te interesa?

—Sí, sí. ¡Sí! —contesté enseguida con mi entusiasmo infantil.

—Pues tendrás que empezar por ir a la ciudad para ver qué cosas divertidas pueden hacer ahí, pero recuerda que no podemos hacerles daño, así que las peleas quedan descartadas.

—Entendido, ahora mismo voy.

El hecho de que me la hubiera mandado a mí solo podía significar una cosa...

—¡¡¡Eres de los Nueve!!! —grité loco de alegría.

Hace años que había perdido la esperanza de que aparecieran, ¡lo que hacía que este momento fuera incluso más emocionante!

La chica saltó hacia atrás de la sorpresa por el grito.

Las personas de nuestro alrededor se nos quedaron mirando y empezaron a murmurar.

—¿Qué-qué pasa? —preguntó incómoda intentando cubrirse de las miradas de los demás.

—Perdón. Los Nueve son algo muy gordo por aquí. No tendría que haber gritado, mejor vamos a otro lugar para hablar.

La agarré por el brazo y me la llevé corriendo a la taberna.

Durante la caminata, no hablamos nada. Yo estaba muy centrado en llegar cuanto antes y creo que ella no sabía cómo reaccionar. Cuando llegamos, nos sentamos en una de las mesas de piedra de fuera y pedí unas albóndigas para los dos. A cuenta del patrón, claro. Mientras esperábamos a que nos las trajeran, la chica me hizo una pregunta:

—¿Qué ha pasado ahí atrás? ¿Qué son los Nueve?

—Ah, ¡sí! Perdón por eso. Los Nueve sois viajeros de otras dimensiones, os llamamos así porque siempre vienen nueve. Ha pasado mucho tiempo desde la última vez que vino gente como tú, por eso todo el mundo sentirá curiosidad.

Por el momento, intentaría que pasara desapercibida. Quería acapararla para mí un poquito más.

—Su-supongo que era de esperar, pero ¿cómo es que no se han dado cuenta hasta que lo has dicho? No es como si me pareciera a vosotros, la gente de aquí tampoco parece haberse dado cuenta todavía.

—Al igual que yo al principio, creerían que eres pigmentada.

—¿Pigmentada?

—¿Te has fijado en que aquí hay gente que tiene la piel verde y otros, azul?

Asintió.

—Ellos son pigmentados. A veces los bebés salen así, pasa de forma aleatoria.

—Comprendo.

—Pero ya basta de hablar de eso, quiero saberlo todo sobre ti. ¿Cuál es tu nombre?

—Su-susan.

—Y dime, Susan, ¿qué cosas necesitas tener aquí?

—¿Eh?

—Soy un invocador, puedo traer cosas de otras dimensiones aquí. Es algo de nacimiento, solo tengo que entender qué es lo que estoy invocando. —Mi familia es de la rama principal de los poseedores de esta habilidad. Aunque no termino de entender del todo cómo funciona, es muy útil—. Así que dime, ¿necesitas algo?

—¿De verdad puedes traer cualquier cosa? —preguntó emocionada.

—Mientras no sea un ser vivo, puedo invocar lo que sea.

—Eso es genial, me viene perfecto. Si me das pluma y pergamino, te escribo una lista con lo que necesito.

—¿Una pluma?

—Sí, para escribir.

—Ah, no sabía que se pudiera usar plumas para escribir. Aquí usamos lápices y papel, pero te las puedo invocar si quieres.

—No, mejor no. Si aquí usáis lápices y papel, yo también lo haré. —Extendió la mano para que se los diera.

Invoqué un lápiz y un papel y se los pasé. Escribió la lista con una letra pequeña bastante bonita. La lista era muuuy larga, creo que directamente escribió todo lo que había dentro de su casa. Además, se notaba que era de otra dimensión porque algunas cosas eran un poco extrañas, como un caldero y una bola de cristal. ¿Para qué querría una bola de cristal? En algún lugar, escuché que si el dueño de los objetos está cerca hacer la invocación es más sencillo, así que me animé a intentar invocarlo todo a la vez. ¡Y lo conseguí!, pero...

—¡¿Qué haces, Ramstro?! No puedes tener todo esto tirado en mi restaurante —me gritó Linda desde el otro lado de las mesas.

Cuando llegó corriendo a mi lado, sentí el verdadero terror.

—Lo siento, Linda. No lo he pensado bien.

—¡Claro que no lo has pensado bien! ¡Estás molestando a los clientes! ¡¿Cómo van a pasar mis camareras?!

—Lo-lo siento.

—No se enfade con él —intervino Susan—. He sido yo quien le ha pedido que traiga todo esto, ahora mismo lo quito todo del medio.

—¡¿Y cómo se supone que vas a...?!

Antes de que Linda terminara la frase, la mano de Susan se rodeó de una especie de aura azul y, con un rápido movimiento, todas sus cosas también se envolvieron en esa aura. Con otro, se levantaron en el aire y se metieron dentro de su bolsa.

Todos alrededor se quedaron mirándola otra vez hasta que alguien empezó a aplaudir y los demás le imitaron. Parece que pensaron que era alguna clase de espectáculo.

—Bastante impresionante, jovencita. ¿Por casualidad no estarás buscando trabajo? —preguntó Linda jugando con sus rizos rubios al ver la reacción del público.

No quedaba ningún rastro de su enfado anterior. Pude ver en su mirada que ya pensaba en el dinero que podría conseguir con ella.

—No-no, realmente.

—¿Segura? Si no quieres ser camarera, puedes trabajar limpiando arriba. Esto no es solo un restaurante, también alquilamos habitaciones —insistió.

—Es-esto...

—Linda, ya llevamos un rato esperando a que traigan nuestra comida. ¿Puedes ir a la cocina a ver cómo va? —La distraje con un truco que me enseñó el patrón.

—¿Eh? Sí, claro. Voy a preguntarle a mi marido ahora mismo. Si cambias de opinión, avísame, ¿vale? —se dirigió a ella una última vez antes de irse.

Susan suspiró aliviada.

—Gracias, Ramst...

—¡¿Cómo has hecho eso?! —le pregunté emocionado golpeando la mesa con las dos manos.

Me había contenido delante de Linda, pero ahora que se había ido no podía aguantarme más.

—E-es lo mismo que has hecho tú: magia, brujería.

—¡¿Magia?! ¡¿Así se llama?! —Aumentó mi curiosidad.

—No lo entiendo. ¿No puedes hacerlo tú también? Creía que bruja e invocador era lo mismo.

—No, ya te lo he dicho, solo puedo traer cosas. Espera, ¡¿tú también puedes?!

—¡No! No puedo hacer algo tan impresionante. Nadie en mi mundo puede teletransportar cosas de otras dimensiones. Como mucho, tal vez que estén a unas cuantas ciudades de distancia.

—Quiero verlo.

—¿Qué-qué?

—¡Quiero verlo!

Solo puedo invocar cosas de otras dimensiones, nada que estuviera en esta.

Por eso, tenía mucha curiosidad de ver cómo el objeto desaparecía.

—E-es que… los hechizos de teletransporte son…, no sé si yo… —titubeó.

—¡Por favor! ¡Por favor! ¡De verdad quiero verlo!

La emoción no me dejaba ver que la estaba presionando. Se veía claramente agobiada y no era capaz de darme cuenta, pero parece que entonces se le ocurrió una idea.

—Ramstro, ponte mi sombrero —dijo tendiéndomelo con una sonrisa.

—¿Uh? ¿Por qué?

—Tú póntelo y ya verás.

Lo cogí y me lo puse, como me dijo. Sin embargo, en el instante en que se posó sobre mi cabeza, se esfumó en el aire y volvió a aparecer sobre la suya.

—¡Tachán! —exclamó sacudiendo las manos.

—¡Qué guay! ¡Eres increíble!

Me había impresionado. Definitivamente, la magia me encantaba.

—Gracias —contestó un pelín avergonzada—. Pero, en realidad, yo no he hecho nada. Este sombrero fue un regalo de mi maestro. Lo hechizó para que solo yo pudiera llevarlo, así que el mérito es suyo.

—¿Tienes más ropa hechizada?

—Todo lo que llevo puesto es mágico. Según la persona que lo lleva puesto, cambia de color.

Como era de esperar, quería probármelo. Por suerte, ella traía recambios, aunque primero tuvo que agrandarlo con un conjuro para que me valiera. Cuando yo me lo puse, el jersey se volvió amarillo y naranja.

—Puedes quedártelo, tengo más. Además, no me cuesta nada tejer otro —me ofreció.

Nos trajeron la comida y cenamos mientras charlábamos. Me contó un montón de historias sobre su mundo, sus poderes y su maestro. Yo escuchaba atentamente y de vez en cuando hacía preguntas.

—¿Cuánto tiempo planeas quedarte?

—Unas semanas, unos meses, aún no lo he decidido.

—Pues con la de cosas que me has pedido que te traiga cualquiera diría que no pensabas volver a tu casa jamás —dije como una broma.

Susan desvió la mirada.

—¿Pasa algo?

—No-no, no es nada, es que me he dado cuenta de que he estado hablando yo todo el rato. ¿Por qué no me cuentas algo de este lugar?

—¡Ahí va! Me he emocionado tanto que había olvidado que tenía que enseñarte el reino. ¡Vamos! —exclamé levantándome de la mesa.

—¡¿Ahora mismo?! Pero si aún no he pedido el postre.

—Cuanto antes, mejor. Aún faltan por llegar otros ocho viajeros, así que será mejor que termine esta visita rápidamente, ¡venga!

Nueve viajeros llegarían en nueve días y este ya estaba a punto de acabarse. ¡Tenía que darme prisa!

Como en el coliseo, le agarré el brazo y empecé a correr.

—¡Más despacio, Ramstro! ¡Que me arrancas el brazo!

Y así empezamos la visita guiada por la ciudad del abismo.

Ber

Me desperté al sentir un golpe en el torso. Como estaba medio dormido, tardé en darme cuenta de que no estaba sobre mi cama, sino sobre césped.

—¿Cómo...?

Miré al techo y, en su lugar, solo vi un montón de niebla. No tenía ningún recuerdo de cómo podría haber llegado aquí. ¿Me habían secuestrado? Pero, entonces, no me habrían dejado tirado en un campo cualquiera. ¿Sería obra de algún psicópata?, ¿le habrán hecho daño a Einstein? Empezaba a preocuparme por mi seguridad. Giré la cabeza y vi a una chica con ropa extravagante tirada en el suelo.

—¡¿Quién eres tú?! —grité alarmado sospechando que a lo mejor ella tendría algo que ver con todo esto.

La chica se dio la vuelta al percatarse de mi presencia, parecía tener mi misma edad.

—Perdón, no te había visto —dijo levantándose. Al parecer, había tropezado conmigo, me miró de arriba abajo—. Anda, parece que tú tampoco eres de por aquí. Bienvenido al Reino del Abismo.

Me tendió la mano para ayudarme a levantarme, la ignoré y me levanté yo solo. No me gusta demasiado el contacto físico y menos con desconocidos. Además, todavía no me fiaba de ella.

—Eso no responde a mi pregunta. ¿Quién eres?

Mirándola más detenidamente, no parecía una persona peligrosa, así que me permití bajar un poco la guardia.

—Me llamo Susan, un placer.

—A ver, Susan, ¿tú sabes dónde estamos?

—Te lo diré, pero mantén la mente abierta, ¿de acuerdo? Lo que pasa es que has viajado a otra dimensión.

—¿...Es una broma?

—Comprendo que sea difícil de asimilar, yo he estado aquí tres días y aún me cuesta creerlo. Si no fuera una bruja, posiblemente...

—¿Una bruja? —la interrumpí.

—Ah, ¡sí!

—Las brujas no existen —respondí de forma cortante.

—Tal-tal vez en tu mundo no, pero...

El cuento ese de otra dimensión me estaba cansando. No me gusta que me tomen por un tonto.

—Las brujas no existen en ninguna parte, punto.

Ella se quedó congelada.

—Ah, no-no sé qué decirte. Yo existo, así que... —respondió finalmente.

Parecía genuinamente convencida de lo que decía. O era idiota, o estaba loca. A mí me daba igual cuál de las dos fuera, lo que estaba claro es que no iba a sacar nada de utilidad hablando con ella.

—Olvídalo, lo miraré en el GPS —dije encendiendo mi electrovisor.

Estaba formado por dos semiesferas blancas que estaban adheridas a mis orejas cubriéndolas por completo. Al encenderlo, se formó un visor holográfico amarillo que las conectaba.

Vi cómo la «bruja» se sorprendía un poco al encenderlo, la ignoré y me metí en el GPS. Sin embargo, me decía que no tenía conexión. Intenté llamar a alguien, pero me saltaba el mismo mensaje.

—¿Qué diablos pasa?

Jamás en toda mi vida me había quedado sin conexión. Pensé que a lo mejor el electrovisor se había estropeado y me lo quité para revisarlo.

Mientras lo hacía, la chica se quedó mirando. Me limité a seguir ignorándola. Le hice un rápido chequeo al electrovisor, pero, por más que buscaba, no encontraba ningún problema.

—Si está bien, ¡¿por qué no funciona?! —me pregunté a mí mismo exasperado.

—¿Qué se supone que tendría que hacer?

—Supuestamente tendría que darme acceso a cualquier tipo de información, pero ¡no tengo conexión! Lo cual no tiene sentido porque los satélites nuevos tienen tanta potencia que proporcionan wifi a varios planetas —le contesté frustrado—. A no ser...

Era una estupidez, la idea de haber cambiado de dimensión aún me parecía muy improbable. Sin embargo, eso explicaría que no tuviera internet. Pero estaba seguro de que tenía que haber una mejor explicación que esa. Es decir, la teoría del multiverso habla de la posibilidad de la existencia de universos alternativos al nuestro, así que no era del todo imposible, pero todavía no estaba demostrada.

No podía creer que algo así me estuviera pasando a mí, era una completa locura. Aun así, estaba empezando a considerarlo.

Pruebas, necesitaba pruebas.

—Haz magia —le ordené de golpe.

—¿Qué? —le sorprendió mi petición.

—Dices que eres una bruja, ¿no? Demuéstralo, haz magia, solo así me convenceré de lo que dices.

La magia no existe. Al menos, no en mi mundo. Si hacía magia de verdad, es que no estaba ahí.

—En ese caso... —paró para pensar cuál sería el hechizo más adecuado—, ya sé.

Levantó el brazo y me encontré flotando en el aire.

Quedé en *shock*.

Intenté encontrarle una explicación lógica. Busqué cables, drones, no había nada.

No podía ser, no podía creerlo. No se me ocurría otra explicación, sí que era magia.

Pero, aun así, ¡no podía aceptarlo!

Pensé que a lo mejor estaba soñando e intenté despertarme, pero no había manera.

No me quedaba otra opción que rendirme a la evidencia.

—Sí que estoy en otra dimensión —reconocí finalmente.

—Me alegro de que al fin me creas.

Nada más dijo esto, dejé de flotar y caí de golpe al suelo.

—Uy, lo siento.

Me levanté agradecido de que no me hubiera subido más alto.

—¿Cómo puedo volver a la mía?

Entrar en pánico sería una pérdida de tiempo. Era mejor ponerme a trabajar en cómo regresar cuanto antes.

—Es fácil, solo tienes que ir al faro y te devolverá a tu mundo.

—Bien, entonces llévame allí.

A estas alturas, decidí no cuestionarme nada más, sin importar que no tuviera sentido.

—Claro, pero ¿estás seguro de que no quieres quedarte, aunque sea un poquito más? Uno no viaja a otro mundo todos los días. Además, sé de alguien de aquí a quien le encantaría conoc...

—Me da igual —la corté—. En lo que a mí respecta, ya he tenido suficiente de este otro mundo. Llévame al faro.

Tenía prisa por volver a mi casa. Además, la teoría del multiverso estaba fuera de mi área de investigación y no me gustaba el trabajo de campo.

—Como tú quieras —respondió algo decepcionada.

Empezamos a dirigirnos a aquel faro. La niebla no me permitía ver mucho, así que esperé que la bruja se supiera bien el camino.

—Por cierto, aún no me has dicho tu nombre —mencionó después de un rato caminando.

—Llámame Ber.

Que no supiera quién soy era la prueba definitiva de que en verdad estaba en otra dimensión.

—Bueno, Ber, ¿a qué viene tanta prisa por irte?

—Tengo que darle de comer a mi gato —solté sin más.

No estaba mintiendo. Realmente, tenía que darle de comer a Einstein. Esperaba que no hubiera pasado mucho tiempo desde la hora en la que debía darle de comer.

—¿Tienes un gato? ¡Eso es genial! Me encantan los gatos, aunque el sentimiento no es mutuo. Mi maestro dice que son imaginaciones mías, pero jamás he podido acercarme a uno sin acabar llena de arañazos. ¿Y de qué raza es?

—Es un *Maine coon* negro.

—Encima, es negro, ¡qué suerte! ¡Esos son los más adorables! —me contestó con la mirada iluminada.

Esa no era la respuesta a la que estaba acostumbrado ni la que esperaba cuando le decía a la gente que tenía un gato negro, pero no debería sorprenderme que a una bruja le gustaran.

Volvimos a caminar en silencio durante otro rato hasta que volvió a hacerme otra pregunta.

—¿Qué es lo que estabas intentando hacer antes con-con eso? —Señaló a mis orejas.

—Es un electrovisor —le indiqué—, quería probar a llamar a alguien.

—¿Se puede llamar con eso? ¿Cómo?

—Es sencillo —empecé a explicarle—. El electrovisor manda unas ondas en forma de energía electromagnética que llegan hasta otros dispositivos y me permiten comunicarme incluso con personas que están a mucha distancia.

La bruja estuvo un rato procesando esa información.

—Ya entiendo, son como una bola de cristal —dijo feliz de haberlo comprendido.

No puedo negar que me molestó un poco que comparara mi dispositivo, que había ido perfeccionándose durante décadas gracias a la colaboración de numerosos genios, con magia barata.

—No, qué va, son cosas completamente distintas —la rectifiqué un poco cabreado.

—¿Seguro? A mí no me lo parecen —respondió inocentemente sin percatarse de mi enfado.

Siguió haciendo preguntas mientras nos dirigíamos al faro.

—¿Sabes? No tienes por qué darme conversación —intenté decirle.

Pero parece que no pilló la indirecta porque continuó hablando, hasta que al fin llegamos al faro.

Solo había visto otros faros en antiguos artículos de Wikipedia, pero no veía cómo este era distinto de los demás. Aparte de que no tenía puerta, me parecía un faro completamente normal. Aunque supuestamente debía llevarme a mi casa. Me acerqué a examinarlo, cuando algo cayó justo delante de mí o, mejor dicho, alguien.

Un hombre musculoso de más de dos metros estaba parado frente a mí. Su piel era de color gris, tenía unos cuernos enormes y un halo de ángel en su cabeza. Cualquiera se hubiera sentido intimidado ante él.

—¡¿A qué ha venido eso?! ¡Casi me aplastas! —Pero yo no era cualquiera.

—Acabo de salvarte la vida, niño insolente —me contestó aquel hombre.

—Pero ¿qué dices?

—Mira, la ibas a pisar. —Señaló una flor blanca con el pistilo rojo a mis pies. Prestando más atención, me di cuenta de que más como esa rodeaban el faro—. Es un crisantemo del anima: si los tocas, tu alma será directamente llevada al más allá dejando a tu cuerpo como una cáscara vacía. Deberías estar agradecido de que haya impedido que la pisaras.

—No necesitaba tu ayuda —le respondí molesto.

—Lo que quiere decir es gracias —dijo la bruja interponiéndose entre los dos—. Hola, yo soy Susan y él es Ber. Tú debes de ser Mesher, ¿me equivoco?

—Veo que al menos uno de ustedes tiene modales. —Su expresión seria se cambió por una sonrisa serena—. No se equivoca, señorita. Soy Mesher, el guardián del faro.

Definitivamente, odiaba a este tipo.

—Verás, Ber tiene que ir a darle de comer a su gato, así que sería genial si pudieras devolverle a su dimensión, por favor.

—Me temo que no puedo ayudarle, señorita.

—¡¿Cómo que no?! —exclamé apartándola de en medio.

—Antes ha venido otra persona en vuestra misma situación. La luz que debería llevarla de vuelta no se encendió y puedo afirmar sin temor a equivocarme que ahora tampoco lo hará.

—¡Pues arréglalo!

Eso era malo, muy malo. Por la cara de la bruja, supe que esto también le pillaba por sorpresa.

—No se puede arreglar lo que no está roto. Lo he examinado y está perfectamente bien. Posiblemente no le apetecerá, no puedo hacer nada hasta que cambie de opinión —me explicó como si nada.

—Que al faro... no le apetece. —No podía creer lo que estaba escuchando. Sé que dije que no me cuestionaría nada más, pero es que ¡¡¡era una estupidez!!!—. Si esto es porque te he faltado al respeto, me disculparé, pero...

Tenía que volver con Einstein.

—Eso no tiene nada que ver. Mira, no sé cómo funcionan las cosas en tu mundo, pero aquí son así y no hay nada que puedas hacer al respecto.

Se me cayó el alma a los pies. Quería gritar y chillar, de alguna forma me contuve porque sabía que eso no solucionaría nada. En su lugar, le pedí a la bruja que me llevara con esa persona que quería presentarme.

Ella estuvo callada durante todo el camino a la ciudad, lo cual agradecí porque realmente no quería hablar. El chico que me presentó era alto y musculoso, aunque no tanto como ese tal Mesher. Además, era más delgaducho. Se llamaba Ramstro —un nombre un tanto extraño en mi opinión— y parecía que le pillamos recién salido del gimnasio o algo así, porque estaba todo sudado.

Quería que le hablara de mi mundo, pero le paré y le pedí que me llevara al lugar donde guardaban toda la información. Como él era un local, pensé que lo sabría mejor que ella.

—¿Te refieres a la biblioteca? Es bastante aburrida, pero podemos ir allí si quieres.

Por alguna razón, la bruja también nos acompañó. Allí la niebla parecía menos densa y podía ver con más claridad. Los habitantes no nos quitaban ojo de encima, pero estaba más que acostumbrado a que la gente me mirara. La ciudad parecía muy antigua con sus casas de piedra y de madera. Tenía hasta un castillo medieval. La biblioteca no era muy diferente al resto de los edificios. Sin embargo, una vez dentro, me di cuenta de que era más grande de lo que parecía por fuera. También me sorprendió ver libros hechos de papel.

—¿A qué viene esa cara? ¿Acaso es tu primera vez en una biblioteca? —me pilló el grandullón.

La verdad es que era la primera vez que veía libros de papel en mi vida.

—En mi mundo, todos los libros están digitalizados, así que ya no necesitamos bibliotecas —me excusé.

—¿Digitaliqué...? —preguntaron confusos los dos.

—Quiere decir que está todo en internet. —Siguieron mirándome sin entender—. No importa, la cuestión es que no tenemos.

—Eso es una desgracia. Las bibliotecas son maravillosas. Recuerdo la primera vez que mi maestro me llevó a una —se incorporó la bruja a la conversación—, intenté encogerla para llevármela a casa.

—Jamás entenderé por qué tanta fascinación por los libros —le respondió el grandullón—. Como si los que te hacían leer en la escuela no fueran más que suficientes.

—Soy yo la que no entiende a los que no os gusta leer. Si tan solo pudiera pasarme todos los días leyendo junto a mi maestro...

Los ignoré y, sin perder tiempo, fui a preguntarle a la bibliotecaria, una anciana de piel gris, dónde estaban los libros de historia. Subí unas escaleras para alcanzarlos y me senté en una de las mesas junto a una vela a leerlos todos. No iba a dejar que Einstein se muriera de hambre por culpa de un estúpido faro. Si no me devolvía a mi mundo, aprendería todo lo necesario sobre este para poder construir una máquina que lo hiciera en su lugar.

Leí sobre un tal dios creador de nombre Theo, la familia real Sanguis, los tumbros, los pigmentados y de todo lo que pude encontrar tan rápido como me fue posible, pero había bastantes lagunas en los libros de historia y tampoco había mucha información sobre el faro ni de sus orígenes.

A veces, al cambiar de libro, mi mirada se dirigía hacia la bruja y el grandullón, que se habían sentado a dos mesas de distancia. La primera vez que los vi noté que habían cogido un libro de botánica y lo estaban comparando con otro. La segunda, la bruja le susurró algo al grandullón y este se fue. La tercera, ella estaba escribiendo algo mientras se bebía una poción y, a la cuarta, el grandullón volvió y le dio una bolsita a la bruja.

Después de eso, me centré plenamente en la lectura. Por mucho que buscaba, no estaba encontrando nada de utilidad, lo que me frustraba un montón. Seguí así unas horas más hasta que noté unos toquecitos en el hombro.

—Oye, Ber.

—¿Qué quieres, Susan? ¿No ves que estoy ocupado? —le contesté. Busqué al otro con la mirada, pero no parecía estar por allí—. ¿Dónde está Ramstro?

—Ha tenido que irse. Si no vuelve a casa antes de medianoche, no le dejan pasar.

Lo que dijo me sorprendió.

—¡¿Medianoche?!

Salí de la biblioteca para comprobar lo que había dicho y tenía razón. Si antes parecía que una nube tapaba el sol, ahora parecía que directamente el sol no existía aquí. La única razón por la que podía ver era por las antiguas farolas que había por todas partes.

—¡Miérr-coles! Un día entero y no he encontrado nada —maldije frustrado.

El pobre Einstein ya llevaba un día entero sin comer. Solo aguantaría otros veinte, tres sin agua. Tenía que volver a casa desesperadamente, pero no tenía suficiente tiempo.

La bruja salió detrás de mí.

—Ber, sé que es tarde, pero ¿podrías acompañarme a un lugar, por favor?

Quería quedarme y seguir investigando. Sin embargo, ella me había acompañado antes al faro, así que se lo debía. Era mejor que saldara mi deuda cuanto antes para poder centrarme plenamente en los libros.

—De acuerdo.

Salimos de la ciudad y caminamos durante otro rato. Ella había conjurado una luz para que pudiéramos ver por dónde íbamos.

—Ya estamos suficientemente lejos.

—¿Para qué querías que te acompañara?

—Ahora lo verás —me respondió sin aclarar mis dudas.

Cogió una rama de uno de los arbustos de los alrededores y comenzó a dibujar un círculo en la tierra. Dentro del círculo también dibujó otras muchas figuras geométricas y unos símbolos extraños.

Después sacó un frasco con un líquido verde oscuro y en él metió unas hojas que había dentro de la bolsita que le había dado antes el grandullón. Al hacerlo, cambió a un verde claro. Después se me acercó y me arrancó un pelo.

—¡Auu! —me quejé cuando lo hizo.

—Lo siento.

Metió el pelo en el frasco y el líquido empezó a burbujear.

—Prepárate porque vamos a tener poco tiempo —me advirtió sin que yo entendiera aún lo que estaba pasando.

La bruja vertió el líquido en sus manos, pronuncio unas palabras que me resultaron incomprensibles e inmediatamente tocó el círculo. Este se iluminó y una grieta se abrió en el medio, eché un vistazo a través de ella y...

—No puede ser —exclamé incrédulo.

Esos rascacielos, los coches volando..., no cabía duda, aquello que veía a través de la grieta era mi dimensión. Intenté atravesarla, pero una fuerza invisible me lo impedía.

—Es solo una ventana. No puedes pasar al otro lado —explicó, concentrándose aún en el círculo—, pero la energía sí.

Me di cuenta enseguida de lo que estaba insinuando. Encendí el electrovisor y comprobé que volvía a tener conexión. Rápidamente, hice una llamada.

—¿Señora Johns? Sí, soy yo. Disculpe que la llame tan tarde, tengo que pedirle un favor.

Le expliqué a mi casera, una loca de los gatos, que había tenido una emergencia familiar, por la que había tenido que volver a mi casa a toda prisa y que necesitaba que cuidara de mi gato. Tenía otro trabajo por la noche, así que sabía que estaría despierta. Además, no era la primera vez que se lo pedía y, como habitualmente hacía, aceptó a cambio de que le pagara lo de siempre. Terminé justo a tiempo porque después de colgar la grieta se cerró.

Aunque no pudiera ver a Einstein, era un gran alivio que alguien cuidara de él en mi ausencia.

En ese mismo momento, escuché cómo la bruja se derrumbaba.

—¿Estás bien? —le consulté un poco preocupado agachándome a comprobar cómo estaba.

—Sí, no te preocupes —dijo al incorporarse—. Aunque no me responden las piernas, ese ritual era incluso más cansado de lo que esperaba. Supongo que Shine no bromeaba.

Estaba sudando a chorros y se había puesto pálida. No me había dado cuenta del esfuerzo que había hecho para mantener abierta la grieta.

—¿Por qué lo has hecho? —le pregunté con tono serio.

—¿Que por qué he hecho qué? —me devolvió la pregunta.

—¿Por qué has abierto un portal a mi mundo y no al tuyo?

—Porque necesitabas hacer una llamada —explicó como si fuera lo más evidente del mundo.

Quería devolverle el favor y acabé debiéndole algo aún más grande.

—¿Cuándo crees que podrás abrir otro al tuyo?

Pensé que si la ayudaba estaríamos en paz.

—Me temo que eso no va a ser posible, esta vez me faltaban algunos ingredientes. Aunque he podido sustituirlos casi todos con plantas de por aquí, ha sido una suerte que funcionara. Tendría que sustituir más cosas aún para intentarlo otra vez, lo cual resultaría en una mezcla demasiado inestable.

—¡¿Qué?! Entonces, ¡¿por qué lo has gastado en mí?! —Me di cuenta de que estaba gritando y bajé la voz—. ¿No quieres avisar a nadie de que vas a estar fuera por un tiempo?

—No tengo a nadie a quien avisar. —Su sonrisa se tornó triste al decir estas palabras—. No hay nadie que vaya a notar mi ausencia.

Mentía, no podía ser verdad. No me creía que alguien tan sonriente como ella estuviera sola.

—¿Qué hay de tu maestro? —me acordé—. Lo has mencionado antes.

—Mi maestro murió hace un tiempo. —La sonrisa desapareció por completo de su cara.

—Oh, lo siento.

—No importa. —Ladeó la cabeza—. La cuestión es —cambió de tema— que la decisión más razonable era abrirla a tu mundo.

—¡Sigue sin tener sentido!

—¿Por qué?

—¡¿Qué sacas tú de todo esto?! ¡No lo entiendo! ¡¿Por qué me has ayudado?! —formulé finalmente.

—Porque lo necesitabas. ¿Qué otra razón podría haber? —respondió inocentemente.

No podía creerlo. Nadie podía ser tan idiota como para ayudar a los demás porque sí, aunque tampoco se me ocurría otra razón.

—Gracias —murmuré.

Me había portado como un cretino y, aun así, me había ayudado. No creí que fuese capaz de compensárselo pronto, lo único que podía hacer en ese momento era agradecérselo.

La bruja primero se sorprendió y luego rio.

—¿Qué pasa? —le pregunté.

—No, no es nada, solo que —me miró fijamente con una sonrisa— es la primera vez que te escucho decir gracias.

Noté cómo se encendían mis mejillas.

—¿Y qué? Ni que fuera para tanto —me defendí.

—Si tú lo dices... —contestó con una sonrisa burlona.

Ramstro

Me estaba saltando el toque de queda y no iba a poder entrar en casa, pero sabía que Ber no estaría ocupando su habitación en El Puerco, así que no había problema. La razón por la que estaba fuera tan tarde era sencilla, hacía tres semanas que había tenido mi primer encuentro con uno de los Nueve, Susan. Ella era muy interesante —y me había hecho un regalo—. Después había conocido a un caballero, a una chica fantasma, a un supuesto ángel, a Ber, a un *ninja,* a un exorcista —sea lo que sea eso— y a una medio murciélaga.

Todos eran tan diferentes entre ellos y a cualquier persona que hubiera conocido antes, ¡lo cual era genial! A todos les había hecho más o menos el mismo *tour* del reino y, sin embargo, con cada uno había sido una experiencia completamente diferente. ¡Era tan genial! Aunque aún no podía darme por satisfecho.

Ellos eran ocho, me faltaba uno. Se supone que ya debería haber aparecido, pero daba igual dónde buscara. No era capaz de encontrarlo y eso me estaba volviendo loco. Decidí extender la búsqueda hasta la noche para ver si tenía más suerte.

Estuve paseando por los campos de niebla durante horas. Apenas podía ver nada, pero me los conocía de memoria, cada roca y arbusto. Cuando éramos pequeños, mis amigos y yo solíamos jugar por aquí a la búsqueda del tesoro. Al acordarme, no pude evitar ponerme a tararear la canción que solíamos cantar por aquel entonces.

Al rato sentí que algo rozaba mi espalda. Me di la vuelta para ver qué había sido. No vi nada, así que pensé que había sido mi imaginación, pero luego volvió a tocarme y esta vez me dejó una marca, cuatro cortes en la espalda, nada serio. Aunque no alcancé a ver quién me los había hecho, me puse en guardia mientras pensaba en quién podría ser mi atacante.

Hace unos días mi madre me había advertido que no saliera por la noche, ya que últimamente había rumores de que hace poco un tumbro se había fugado de la prisión y que iba atacando a la gente. Me pareció que eso sería muy emocionante, pero estaba seguro de que no podía ser verdad. Si fuera cierto, en el castillo se habrían vuelto locos y habría guardias por todas partes. Sin embargo, hace un par de días había mantenido una conversación en la enfermería del coliseo con uno de los gladiadores que aseguraba habérselo encontrado.

—Este es uno de los arañazos que me dejó.

Se quitó las vendas para enseñármelo.

—Son bastante profundos. ¿Estás seguro de que no te lo hizo con algún arma? —le dije asombrado.

—Totalmente, sé distinguir lo que me golpea —afirmó con orgullo.

—Increíble, debe de ser muy poderoso.

—Y muy rápido, no llegué a ver ni su silueta. Por suerte, había hablado con otras víctimas antes y recordé que todas tenían en común que al quedarse calladas el monstruo parecía irse, así que eso hice y funcionó.

—¿No luchaste contra él? —Me decepcionó oír eso.

—Es que ese día le había prometido a mi esposa que la llevaría a cenar, no podía llegar tarde —contestó avergonzado.

Al parecer, esto era más que un rumor.

—Así que ¿de verdad hay un tumbro suelto?

—No, claro que no. Puede que no llegara a verlo a él directamente, pero lo que sí vi fue su sombra y no sé si te habrás fijado, pero ellos no tienen.

Si no era un tumbro, no tenía ni idea de qué podría ser. Las personas que conocía que eran suficientemente fuertes para provocar una herida así no irían atacando a la gente porque sí. ¿Quién podría ser el responsable de estos ataques?

Tuvimos que dejar la conversación cuando una enfermera vio que se había quitado las vendas y se puso a regañarlo.

Me di cuenta de que eso era lo que me estaba atacando y supe inmediatamente qué hacer.

—¡¡¡Yuju, monstruo feo, estoy aquí!!! —grité con todas mis fuerzas.

Lo tenía bien claro, iba a ser yo quien matara a esa criatura fuese lo que fuese.

Tal y como me advirtió, el grito hizo que me volviera a atacar. Me hizo un corte más preciso que el anterior en la mejilla, el siguiente fue en la pierna derecha, lo que casi me tira al suelo, y a continuación me hizo otro en el brazo izquierdo. Cada corte dolía más que el anterior y, a la vez, me producía una enorme subida de adrenalina. Pasaba aproximadamente el mismo tiempo de espera entre cada ataque y, aunque no viera adónde iba, sentía esa brisa cada vez que pasaba a mi lado. Dejarme golpear era mi estrategia para predecir su próximo movimiento.

Conté los segundos en mi cabeza y golpeé en la última dirección donde había sentido el viento. Le di.

Por unos segundos, llegué a verlo antes de que desapareciera en la niebla. Tenía unos cuernos granate, piel verde, pelo largo y vestía de negro y rojo.

Una fuerte emoción invadió todo mi cuerpo cuando le pegué aquel puñetazo y sentí su áspera piel.

Volvió a atacarme y yo le golpeé una vez más. Esta vez se recuperó más rápido que antes y, aunque sentía que le daba, ya apenas podía verle. Cada vez le veía menos, pero sabía que le estaba golpeando, así que no me preocupé.

—¡¡¿Eso es todo lo que tienes?!!! —seguía gritando para que no se fuera.

Con cada puñetazo, la criatura soltaba un gruñido lleno de enfado.

Cuando sentí que esa cosa ya había tenido suficiente, invoqué una lanza para acabar con él de una vez por todas.

Justo antes del ataque, algo que parecía una línea negra terminada en una pica se enredó en mi lanza y empezó a tirar para atrás. Me sorprendí y tiré de ella para delante con todas mis fuerzas para no perderla, pero no me libraba de eso. Para empeorar las cosas, en ese momento la criatura salió de entre la niebla, se lanzó contra mí y agarró la lanza por delante. Entonces la línea dejó de hacer fuerza y aquel monstruo me la arrancó de las manos, se colocó detrás de mí y me golpeó con ella en la cabeza haciendo que cayera al suelo. Ahí me fijé en que esa línea negra estaba pegada a su cuerpo, era su cola. Todo pasó tan rápidamente que no pude hacer nada al respecto, me dolía mucho la cabeza y pensaba que iba a morir. Lentamente, fui perdiendo la conciencia a la vez que me preocupaba lo que iba a hacerme. Cualquier rastro de emoción en mi cuerpo había desaparecido reemplazado por una ola de arrepentimientos. Me había confiado demasiado. Si hubiera invocado una lanza desde el principio, podría haberle ganado, pero ya no importaba. No podría tener una revancha.

...

...

...

Habían pasado horas cuando recuperé la conciencia. Sorprendentemente, seguía vivo. Para cuando fui capaz de levantarme, ya estaba a punto de amanecer. Aún me dolía bastante el cuerpo, pero me sentía muy feliz. Me moría de ganas de volver a enfrentarme a aquello, iba a entrenar todavía más duro que antes para poder devolvérsela. Posiblemente debería estar asustado, sin embargo, saber que podría volver a luchar contra alguien así de fuerte me ilusionaba y me regocijaba en mis pensamientos, cuando escuché un sonido atroz.

—¡¡¡Aaahhh!!!

La preocupación volvió de golpe a mi cuerpo, esa era la voz de Susan. Debía de haberse encontrado con el monstruo.

Me puse a correr hasta el lugar de donde procedía el grito, pero, aun así, tardé un buen rato en llegar por culpa de mi estado. Por el camino, me topé con los restos de la lanza. Recé a Theo durante toda la carrera para que ella estuviera bien. Cuando al fin llegué, la encontré hecha una bolita en el suelo sollozando y tapándose la cara con su sombrero.

—¡Susan!

Parecía estar completamente absorta en su mundo, así que tuve que llamarla varias veces más hasta que me respondió.

Eventualmente, sacó su cabeza del sombrero, notando mi presencia.

—Ram, ¿qué haces aquí?

Intentó reincorporarse, pero se levantó demasiado rápido y volvió a caerse al suelo.

—Te he oído gritar. ¿Estás bien?

—¿He-he gritado? Ah, ¡sí! Es que tengo un poquito de fobia a la sangre, así que me he puesto algo nerviosa con esto. —Me enseñó su palma, tenía un enorme corte en el centro y estaba cubierta de sangre—. Pe-pero estoy bien, no tienes por qué preocuparte.

Intentó forzar una sonrisa; sin embargo, el temblor de su voz y las lágrimas la delataban.

Tenía moretones por toda la cara y estaba seguro de que había más debajo de su ropa.

—No, no estás bien. Claramente, a ti también te ha atacado el monstruo. ¿Se ha ido ya? —pregunté girando la cabeza en todas direcciones.

Si estuviera solo, no me importaría volver a enfrentarlo, pero no estaba seguro de poder luchar y protegerla a la vez.

—¿Cómo que también? —Susan reparó en mis arañazos—. ¡Si estás mucho peor que yo! ¡¿Cómo eres capaz de mantenerte en pie?!

Su cara mostraba una mezcla de preocupación y de sorpresa.

—Mucho entrenamiento. Y ahora dime, ¿dónde está? —insistí.

—Se ha ido. Puedes tranquilizarte, ya debe de estar lejos.

Suspiré aliviado.

—Deja que te cure esas heridas, debería tener algo en mi bolsa. —Ahí se dio cuenta de que no la llevaba encima—. Oh, ¡no! He debido de dejarla en mi casa. No queda muy lejos, ¿vamos?

Estaba a unos cinco minutos de distancia. Nos apoyamos el uno en el otro para caminar. A pesar del dolor, yo me encontraba bien. Susan era quien me preocupaba; sus heridas no eran tan graves como las mías, pero se veía muy consternada.

—¿Por qué no aceptaste la habitación de El Puerco que te ofrecieron? —le pregunté poco antes de que llegáramos.

—E-es que me sabía mal que me dejaran quedarme sin pagar, por eso me construí un lugar propio.

Llegamos a una cabaña de troncos de dos pisos. Parecía increíble que una sola persona hubiera sido capaz de construir eso en tan poco tiempo. Supongo que eso es lo increíble de la magia.

—La puerta está por el otro lado.

Rodeamos la cabaña y nos topamos con la puerta destrozada. A Susan eso no pareció sorprenderla. Entramos y vimos que el resto de la casa estaba igual. Había marcas de garras y colmillos en todos los muebles. Parecía que la criatura se había divertido.

—Otra vez no —se lamentó acercándose a comprobar el estado de sus cosas. Suspiró aliviada al ver que su bolsa estaba intacta—. Siéntate, voy a curarte.

Me senté en la única silla que no tenía las patas destrozadas. Susan sacó de la bolsa distintos frascos y vertió su contenido en mis heridas, sus manos temblaban al obligarse a mirar la sangre. Aquellos líquidos cerraron las heridas e hicieron que el dolor desapareciera.

—Antes has dicho «otra vez no», ¿no es la primera vez que se mete en tu casa? —pregunté cuando terminó con mis heridas.

—Diría que esta es la sexta, pe-pero no te preocupes, no me cuesta nada repararlo todo —contestó con una sonrisa temblorosa.

—Esa cosa se está volviendo muy molesta, primero ataca a los ciudadanos y ahora resulta también que te destroza la casa.

De repente, se le cayó el frasco de cristal que estaba sujetando. Su cara mostraba un estado de *shock*.

—¿Có-có-cómo? ¿Esta no es la primera vez que ataca a alguien, aparte de a mí? —preguntó muy nerviosa.

—Sí, ya ha pasado varias veces.

Me sorprendió lo nerviosísima que se puso al escuchar esta noticia.

—No, no, no. ¿Qué voy a hacer?

Empezó a hiperventilar llevándose las manos a la cabeza.

Sentía cómo se me oprimía el corazón al verla así. Parecía que su cuerpo no era lo único dañado.

—Susan —le dije, levantándome y agarrándola por los hombros—, tranquilízate, ¿vale? Respira hondo.

Ella siguió mis instrucciones y respiró como le indiqué.

Recuperó la compostura y se sentó alicaída en el suelo agarrándose fuertemente a su sombrero. Me agaché a su lado.

—¿Estás bien? —le pregunté una vez más.

—Solo son unos moretones, no es nada.

—No me refiero a físicamente.

Apartó su triste mirada y después de meditarlo me respondió:

—Debería contarte algo. —Tomó aire, claramente le costaba hablar de esto—. ¿Recuerdas que al traer todas mis cosas bromeaste con que pareciera que no iba a volver a mi casa? Tenías razón, no volveré. No es que no quiera, es que no puedo: me echaron por culpa de esa cosa.

—¿Cómo? —dije confuso.

—Cuando era pequeña —continuó—, encontré enterrada una vieja hoja de pergamino cerca de la casa de mis padres. Funcionaba como un sello y bastó con que lo leyera en voz alta para que se rompiera, así liberé al demonio que estaba atrapado dentro. Desde entonces yo... —Hizo una pausa y se tapó la cara con su sombrero—. Desde entonces me sigue adonde vaya, atacando a la gente a mi alrededor. Cuando conocí a mi maestro, me enseñó a mantenerlo a raya, pero un día me descuidé y los de mi pueblo lo vieron. Me deshice de él antes de que le hiciera daño a nadie. Aun así —se notaba que se estaba aguantando las lágrimas—, no querían arriesgarse.

—¡¿Qué?! ¡Eso es una injusticia! —grité indignado.

—No-no es culpa suya —los defendió—. Tenían razón, era peligrosa y-y lo sigo siendo. Os he traído a un demonio y, por alguna razón, ya-ya no soy capaz de mantenerlo bajo control. No quería causar problemas, ¡lo siento mucho! —gritó metiéndose más en el sombrero.

Aquello era mucho que asimilar, así que aquel monstruo misterioso no solo era un demonio, sino que también era el último miembro de los Nueve. Creía que el faro solo podía traer a una persona por dimensión, pero no era el momento de pensar en eso.

—No tienes por qué disculparte. El faro fue quien trajo al demonio, no tú. Además, tampoco es un problema taaan grande —intenté convencerla—. A nadie le ha hecho nada grave.

—¿Y qué hay de ti? —preguntó. Volvió a mostrar su cara—. Me sorprende que no te desangraras con esos cortes.

—Eso es culpa mía, lo provoqué para comprobar cómo y con qué fuerza atacaba.

—Parece una técnica bastante dolorosa —observó sacando ligeramente su cara del sombrero.

—Lo es, pero un combate no es tan divertido si no te golpean.

—Eso suena un poco masoquista.

—¿Qué? ¡No! Simplemente, creo que el dolor hace que se sienta más real y también está esa adrenalina que se dispara cuando me dan —intenté explicarle.

—Sigue sonando masoquista.

—¡Que no! —exclamé con un enfado fingido.

Los dos nos reímos. Había conseguido animarla un poco, pero aún estaba deprimida.

—No tienes de qué preocuparte. Aquí hay muchos gladiadores fuertes, incluido yo. Eventualmente, alguien acabará con él, te lo prometo. Y si entremedias ataca a otras personas solo tienes que darles una de esas pociones. Tienen un efecto increíble. Es decir, mírame, ya estoy perfectamente —dije mostrándole cómo habían desaparecido mis heridas.

Aunque necesitaría comprar otra camiseta.

Ella se volvió a cubrir con su sombrero y cuando lo apartó volvía a sonreír.

—Gracias, Ram. Ya me encuentro mejor.

Sacó otras tres pociones de su bolsa: una curó el corte de su mano y otra, los moretones en su piel.

—Vámonos.

—¿Eh? ¿Adónde?

—Pues a ver a todos los médicos de aquí. Voy a darles mis pociones de curación para que las tengan a mano en caso de que haya otro ataque.

—¿Estás segura? ¿No quieres descansar primero?

—Cuanto antes, mejor, ¿no crees?

Cualquier rastro de la tristeza anterior había desaparecido.

—Esa es la actitud.

Ambos nos dirigimos a la puerta, o más bien a lo que quedaba de ella, pero justo antes de salir me detuvo.

—Por cierto, ¿podrías no contarle nada de esto a nadie? —me pidió—. Yo misma se lo contaré a la gente cuando llegue el momento, pero aún no me siento preparada.

—De acuerdo, será nuestro secreto —le prometí.

Mientras nos dirigíamos a la ciudad, no pude evitar plantearme cómo reaccionaría la gente de la ciudad si se enterara de esto. No creo que muchos culparan a Susan, pero si la reina se enteraba...

Un escalofrío recorrió mi espalda.

Más me valía mantener la boca cerrada.

Ber

Ya había pasado un mes desde que había llegado a este lugar. Me había percatado de un par de cosas: era difícil tratar de comparar sus conocimientos con los de una época en concreto porque eran de años muy dispersos. Por ejemplo, el teléfono más moderno, que tenían era un fijo —y, encima, eran bastante escasos—. Sin embargo, contaban con cámaras digitales. También es destacable el hecho de que a pesar de contar con un sistema de tuberías y alcantarillado no tenían nada parecido a una central eléctrica. En su lugar, utilizaban unos *slimes* verdes que los electrodomésticos absorbían llenándolos de electricidad. Funcionan con cualquier dispositivo, incluso con mi electrovisor; por increíble que parezca. Los había utilizado para potenciar la máquina que me sacaría de aquí. Por motivos de seguridad, la había construido lejos de la ciudad. La reina nos había alquilado a los Nueve una habitación a cada uno en El Puerco, donde también nos daban de comer. Aunque debido a que tardaba mucho en ir y volver, decidí acampar. Me prestaron una tienda cochambrosa y un saco de dormir; no era mucho, pero me las apañaba. Solo me pasaba por ahí cuando mis reservas de comida se acababan, también aprovechaba mis viajes para coger algunos libros de la biblioteca. Mi principal tema de investigación era Theo, el dios de este mundo.

Opinaba que aprender más sobre él podría ser la clave para volver a mi mundo. Yo no suelo creer en este tipo de deidades divinas, pero su existencia no era un acto de fe, sino un hecho científico. Además, bastó una conversación con el grandullón, que siempre que voy a la ciudad me obliga a hablar mínimo veinte minutos con él, para que decidiera interesarme en él.

—Yo hablé con Theo una vez —me contó.

—¿Y cómo es eso de conocer a un dios todopoderoso? —le contesté sarcásticamente.

—Pues para ser todopoderoso parece inofensivo —respondió sin percatarse de mi sarcasmo—. De hecho, se ve como tú.

—¿Debería ofenderme?

—No, no, no. Lo digo por tu piel blanca. De hecho, todos vosotros os parecéis a él —dijo refiriéndose al resto de los Nueve.

—Ya... Por cierto, ¿cómo sabéis que es un dios y no un estafador que quiere que le adoréis?

—Precisamente porque no le adoramos y no porque no lo intentemos, pero siempre que se le ofrece algo por el estilo amenaza con enfadarse.

—¿Y qué? Eso no prueba nada.

—Entonces, cómo explicas que estéis aquí si la persona que os trajo es un farsante.

Esas palabras causaron un gran impacto en mí.

—¿Cómo que «la persona que nos trajo»? ¿No se supone que nos trajo el faro ese con voluntad propia?, el que os sigue mandando tumbros y la razón por la que sigo aquí, ya que supuestamente nadie puede controlarlo.

—Y así es, todo eso es incontrolable, sin embargo, el faro no puede invocar a los Nueve sin el permiso de Theo. Es curioso que estéis aquí, ya que fue él quien decidió que ya no iba a traerlos más, pero, por suerte, parece que cambió de opinión.

Por su tono alegre, no creo que se diera cuenta de lo mucho que me estaba cabreando.

—¿Me estás diciendo que estoy aquí atrapado por el tonto capricho de un dios? —pregunté elevando gradualmente mi voz.

—Aaah, bueno, yo no lo diría con esas mismas palabras.

—¡Dime dónde se encuentra!, ¡quiero hablar con él! —exigí.

—Es que ahora mismo se está echando la siesta y cuando duerme es imposible encontrarlo.

No parecía que estuviera mintiendo.

—Al menos, dime cuánto tardará en despertar.

Suspiré. No tenía sentido enfadarme con el grandullón, no era como si él tuviera la culpa.

—Pueeesss, a veces puede tardar décadas.

—¡¿Quééé?!

Por culpa de ese maldito dios, estaba atrapado aquí y, por si fuera poco, me habían avisado de que un monstruo andaba suelto. Aprovechando que gracias al grandullón contaba con materiales infinitos, decidí construir un artilugio para defenderme. Lo guardaba todo en mi cinturón de herramientas para tenerlo siempre a mano, la bruja lo había hechizado para que tuviera espacio infinito. Jamás hubiera imaginado que yo tendría algo mágico, pero qué se le iba a hacer si era más práctico.

Hablando de la bruja, de vez en cuando venía a echarme una mano. Podía levantar las piezas más pesadas y había despejado la niebla en un radio de treinta metros respecto a la máquina.

He de admitir que me había equivocado con la magia. No me gustaba porque pensaba que no requería ningún tipo de esfuerzo, pero después de ver a la bruja trabajar estos días me di cuenta de que no era así. Le reconocí su esfuerzo en voz alta una vez, aunque cometí el error de hacerlo cuando levantaba una lámina de metal. Se distrajo y casi se le cae encima. A pesar de tener alguna torpeza como esa de vez en cuando, ella me resultaba muy útil. Sin embargo, su ayuda tenía un inconveniente.

—Disculpe, señorita, ¿tiene algo para los dolores de espalda?

—Por supuesto, aquí tiene.

No paraba de venir gente a pedirle remedios.

—¿Sabes? El punto de construir aquí la máquina era mantenerla alejada de la gente —le insinué una vez que se fue la señora.

—Lo siento. Parece que se ha extendido el rumor de que mis pociones lo curan todo y no paran de encargármelas.

—Bien que podrías negarte.

—Imposible. Si puedo ayudarles, tengo que hacerlo.

Suspiré.

—Al menos, deberías pedirles algo a cambio. Conseguir los ingredientes de tantas pociones no puede ser fácil.

—No sería capaz. Para mí es suficiente con que me lo agradezcan. Además, así practico la elaboración de pociones. Tampoco te pido nada a ti, por lo que no veo la necesidad.

Tenía razón. Siempre que veía a la bruja le preguntaba si quería algo a cambio de sus servicios, pero nunca aceptaba, lo cual, para ser sinceros, me ponía un poco nervioso. Me daba igual que dijera que solo quería ayudar. No existían los actos desinteresados y cuanto más tiempo pasaba, mayor sentía que iba a ser el favor que me pidiera a cambio.

—Hablando de eso, si vas a pedirme algo, tiene que ser hoy porque mañana ya será tarde.

—¿Quieres decir que...?

—Exacto.

Mi máquina al fin estaba terminada. El diseño final había acabado siendo un aro metálico gigante conectado a un ordenador en forma rectangular. Ahora solo faltaba introducir las coordenadas de mi dimensión, las cuales se encontraban en mi ADN. Me arranqué unos pelos y los introduje en la máquina.

—Primero haremos una pequeña prueba. Veamos si puedo mandar este destornillador a casa.

Solo hacía la prueba por seguir un protocolo, confiaba plenamente en que funcionaría.

Lo coloqué dentro del aro y encendí la máquina, el destornillador empezó a flotar hasta el centro, los sensores le dispararon unos rayos azules. Mientras hacía esto, la máquina expulsaba ondas de energía que creaban fuertes corrientes que mandaron volando mi tienda perdiéndose en la niebla. Yo me agarré al ordenador para no acabar igual. La bruja sujetó su sombrero y su bolsa, pero el viento rompió la correa de esta última y salió volando.

En el centro del aro, el destornillador empezaba a desvanecerse. Estaba convencido de que había funcionado, hasta que la máquina se paró de golpe, el viento se detuvo y el destornillador cayó. En cuanto entró en contacto con el suelo, se derritió.

—¡Mierda!

Estaba tan frustrado, me había convencido de que ese día podría volver a ver a Einstein. Le pegué un puñetazo al ordenador, pero, en vez de ayudar a desahogarme, solo conseguí hacerme daño en la mano.

—¿Estás bien? —se acercó a preguntarme la bruja.

—¿Bien? ¡¿Cómo quieres que esté bien si sigo en este maldito lugar?! —exclamé con furia, sentía cómo me hervía la sangre.

—Tranquilízate, Ber. Comprendo cómo te sientes, pero...

—¡¿Comprender?! ¡¿Cómo vas tú a comprender nada?! —la interrumpí bruscamente.

—Bu-bueno, sé que tienes muchas ganas de volver a tu dimensión, pero tampoco pasa nada porque te quedes aquí un poco más —respondió con una voz nerviosa.

—¡¿Que no pasa nada?! A ti te dará igual porque tanto aquí como en tu mundo estás sola, pero yo tengo familia, amigos y un gato a los que me gustaría volver a ver y que se preocuparán si no tienen noticias mías pronto. Así que ¡no me digas que me tranquilice! ¡No necesito tu compasión! ¡Lo que necesito es volver a mi casa! ¡Y si tú no puedes hacer eso entonces me eres inútil!

Nada más decirlo, me arrepentí. Pude ver en sus ojos vidriosos que le había dolido. Ella no tenía la culpa de que la máquina no funcionara, no era justo que la usara para desahogarme.

—Lo-lo siento, no quería...

—No importa —me cortó a la vez que se cubría los ojos con el sombrero—, tienes razón. A mí no me está esperando nadie, así que no sé cómo te sientes. —Intentaba disimular que no le había afectado, pero su voz sonaba rota—. Lo siento, no debería haber dicho eso. Se-será mejor que me vaya.

Se dio la vuelta y salió corriendo.

Quise detenerla, pero no sabía qué decirle. Al final, lo único que hice fue ver cómo desaparecía en la niebla.

Eso había sido muy estúpido por mi parte. Definitivamente, la bruja no iba a volver a venir a ayudarme. Ni siquiera comprendía del todo por qué me ayudó en un principio. Solo me quedaba intentar disculparme, aunque no tenía tiempo de ponerme a buscarla.

Me di cuenta de que no se había ido con su bolsa. Eché un rápido vistazo a mi alrededor y vi que se había quedado encima de un arbusto, la recogí y arreglé la correa con cinta americana —también le había pedido al grandullón que me trajera de eso—. Ella tendría que venir a recogerla. Me disculparía entonces, solo que seguía sin saber qué decirle.

De donde vengo, bastaría con pagarle, aunque supuse que aquí eso no funcionaría. ¿Cómo se disculpaba la gente normal?

Decidí pensar en ello más tarde y ponerme a trabajar en la máquina.

Era complicado intentar descifrar qué había fallado. Por el momento, me centré en disminuir la potencia para no perder más destornilladores.

Me puse a programar el ordenador para reducirla. Programar es fácil para mí, pero por culpa de una molesta angustia en mi pecho estaba teniendo problemas para concentrarme.

No sabía por qué me preocupaba tanto lo que había pasado. La bruja me ayudaba a ir más rápido sí, pero no era imprescindible. Si decidía no volver a ayudarme, solo tenía que trabajar el doble para compensarlo.

No tendría que pensar en esto si no hubiera gritado. Normalmente, se me da mejor controlar mis emociones, aunque últimamente estaba algo irascible. Supuse que lo poco que había estado durmiendo me estaba afectando más de lo que esperaba, pero no quería perder más tiempo, así que me limité a pegarme una bofetada y seguir programando.

Me distraje un momento y, sin darme cuenta, no sé qué comandos activé que hicieron que la máquina empezara a emitir un fuerte chirrido. Revisar el programa para ver dónde estaba el error llevaría un tiempo que no quería gastar, así que decidí cambiar y regular la potencia de forma manual. Activé la función de insonorización de mi electrovisor para que el sonido no me distrajera y me puse a trabajar en la caja de cables del ordenador.

No podía permitirme cometer más errores tontos como ese. Me centré en la máquina y en ignorar cualquier pensamiento no relacionado con ella.

Seguí trabajando un par de horas más hasta que la máquina sufrió un cortocircuito y soltó un chispazo. Gran parte de mi ropa es aislante como precaución ante estas situaciones, por lo que resulté ileso. Aun así, por acto reflejo, me alejé de golpe y me quedé anonadado con lo que vi. Había una criatura verde subida encima de la máquina destrozándola, aquel debía de ser el monstruo del que me habían advertido.

Respiré hondo y me tranquilicé. Por culpa de que insonoricé el electrovisor, no lo oí venir. Así que lo primero que hice fue desactivarla. Escuché por debajo del pitido el salvaje gruñido del monstruo, aún no parecía haberse percatado de mi presencia. Por el momento, estaba a salvo. Lo normal habría sido aprovechar para escapar, pero no podía dejar que todo mi trabajo fuera destruido. Además, yo podía con esto.

Tenía una cosa preparada para una situación así. Saqué un lanza-redes que yo mismo había fabricado —ligeramente inspirado en un lanza-camisetas—, apunté cuidadosamente con la ayuda del electrovisor, ajusté la potencia y disparé. El monstruo cayó al suelo envuelto en la red, me acerqué y comprobé que estaba atrapado. La red estaba hecha de una aleación metálica de cromo, cobalto y níquel; en otras palabras, el metal más duro de la Tierra. El monstruo se retorcía desesperadamente pegando patadas y gritando con todas sus fuerzas.

No pude evitar soltar un bufido de satisfacción, era la primera cosa en el día que me salía bien.

Aun así, estaba cabreado por culpa de aquel bicho; había perdido mucho trabajo. Quería hacerle pagar, pero no ganaba nada con ello. Era mejor volver al trabajo y encargarme de él más tarde.

Di un paso hacia atrás y caí al suelo. Me di cuenta de que tenía atado al tobillo algo parecido al alambre: era su cola. Intenté soltarme desesperadamente mientras me maldecía por no haberlo notado antes, pero me tenía agarrado con demasiada fuerza, al punto de que me preocupaba que me arrancara el pie, y justo entonces uno de los cables se rompió. En ese momento, comprendí que había infravalorado lo peligrosa que era la situación en la que me encontraba. Cuantos más cables iba rompiendo, con más frenesíes intentaba yo soltarme. Sin embargo, él se liberó primero y se tiró sobre mí. Mi respiración se detuvo por unos momentos.

Sentí como si todo se moviera a cámara lenta viendo cómo se acercaba y lo único en lo que podía pensar es que esta no podría ser una forma más estúpida de morir. Mi mirada se quedó clavada en sus ojos; unos ojos completamente negros, sin iris y sin pupila. Me fastidiaba que eso fuera lo último que iba a ver en mi vida, pero, al parecer, aquello no me miraba a mí.

Se apoyó sobre mí y saltó sobre la máquina una vez más.

Yo seguí tumbado en el suelo durante unos minutos, pensaba que estaba muerto y que me imaginaba cosas. No comprendía por qué, pero estaba vivo. Respiré hondo y me levanté.

El monstruo estaba destrozando la máquina otra vez. Todo el cuerpo me pedía que saliera corriendo. Aun así, no podía dejar que continuara, solo tenía que ser más cuidadoso. Sin embargo, estúpidamente supuse que el lanza-redes sería suficiente y no tenía nada más con lo que atacar, salvo por...

Aún llevaba encima la bolsa de la bruja, podría utilizar sus pociones como un arma. Aunque no creí tener derecho a usarlas después de lo que le había dicho y tampoco podía decir que no me quedó otra, pues la máquina es algo material y yo posiblemente aún podría escapar ahora saliendo completamente ileso. Mientras pensaba en esto, el monstruo seguía destruyendo mi trabajo. Decidí que simplemente lo añadiría a la lista de cosas por las que tendría que disculparme más tarde, esperaba que fuera la última.

Decidí probar suerte con unas pociones de color rojo granate. No me gusta depender del azar, pero no había tiempo de realizar pruebas. Cambié las redes del lanza-redes por las pociones de ese color, volví a encender el electrovisor para apuntarle. Sin embargo, no dejaba de moverse. El muy maldito atacaba la máquina por todos lados. No tenía un tiro claro, así que viendo que no iba a quedarse quieto intenté predecir dónde se colocaría y, cuando creí que lo tenía, disparé.

Casi le di, pero en el último momento cambió de lugar y la poción cayó al suelo provocando una estridente explosión. Por lo menos, ahora conocía su efecto. Había caído lo suficientemente lejos como para no dañar la máquina, aunque si hubiera llegado a darle... Ya iba a cambiar de poción para evitar eso, cuando algo pasó.

El monstruo se lanzó sobre el lugar de la explosión, dio unos golpes al aire y volvió a atacar la máquina.
Eso me llamó la atención.

Tenía que haberlo hecho por algún motivo. Si lo descubría, sería capaz de entender cómo funciona su mente y entonces podría deshacerme de él.

¿Qué podían tener en común mi máquina y la poción?

Necesitaba concentrarme, pero el maldito pitido no me dejaba pen...

El sonido: esa era la clave.

Por eso, había saltado al lugar de la explosión, por eso me agarró cuando solté el bufido y me ignoró al no hacer más ruido y por eso atacaba a la máquina.

Con esa información, ya sabía cómo librarme del monstruo.

Apunté lo más lejos posible con el lanza-redes cargado con esas pociones granate y disparé.

Desde la distancia, escuché cómo resonaba la explosión, pero el monstruo no se movió.

Si la mandaba demasiado lejos, no se escuchaba tan alto como el pitido de la máquina. Iba a tener que apuntar más cerca.

Esta vez el monstruo sí que se lanzó al lugar de la explosión.

Se me escapó una pequeña sonrisa, pero era demasiado pronto para alegrarse. Aún tenía que seguir disparando, estaba convencido de que si las explosiones se detenían un solo segundo volvería corriendo a la máquina.

No estaba nervioso, lo tenía todo planeado: le conduciría en dirección contraria a la ciudad para evitar toparnos con alguien. Nos alejaríamos hasta que ya no se pudiera escuchar la máquina y entonces dispararía una última poción para que pudiera volver sin que me oyera.

Era un plan sin fallos y no habría habido ningún problema si no hubiera empezado a pensar.

Recién salimos de la zona sin niebla, cuando intenté calcular cuánto tardaría. Había demasiadas variables como para sacar un número exacto, pero aproximé que me tomaría un par de horas. Sin embargo, cabía la posibilidad de que tuviera un oído más afinado de lo normal y entonces tendría que alejarme incluso más. Además, también tenía que tomar en cuenta el tiempo que iba a tardar en regresar y yo nunca he sido muy rápido y aún tenía que reparar lo que había roto. No me había parecido que fuera muy grave, pero si resultaba que era peor de lo que pensaba...

Y así empecé a sentir ansiedad.

No podía perder tanto tiempo, tenía que encontrar la forma de volver al trabajo.

Saqué de mi cinturón de herramientas un temporizador que adherí al moderador de potencia y algo con lo que poder apoyar el lanza-redes en el suelo.

Hice todo esto sin dejar de disparar, entonces saqué un trozo de cinta americana que pegué al gatillo para que no parara de disparar.

Haciendo esto el lanza-redes iría disparando a mayor distancia gradualmente, alejando a la bestia a la vez que yo reconstruía la máquina.

Me pareció que estaba funcionando, así que me di la vuelta para volver donde estaba la máquina. Dentro de un rato volvería para recargar el lanza-redes.

Por desgracia, mientras regresaba, el monstruo se percató de que las explosiones caían siempre con la misma variación de distancia. Pegó un acelerón y dio un gancho hacia arriba, golpeando una de las pociones antes de que cayera al suelo y haciendo que se alzara en el aire.

Aunque yo no vi eso, no, yo solo vi cómo caía sobre mi máquina.

Una sensación de vacío me llenó el cuerpo y me caí de rodillas al suelo, lo que acababa de presenciar no se sentía real. Todo el trabajo del último mes, todas esas horas de esfuerzo, todo eso había desaparecido en cuestión de segundos. No podía creerlo, pero había pasado.

En un instante, el vacío fue sustituido por ira. Quería gritar, pero aún cabía la posibilidad de que el monstruo me escuchara, así que, en su lugar, empecé a golpear el suelo.

Odiaba a ese maldito bicho, odiaba esas malditas pociones, odiaba este maldito lugar.

No tendría que haber intentado ir más rápido. Si hubiera tenido más cuidado, a lo mejor...

Hay tantas cosas que podría haber hecho diferente; sin embargo, ya daba igual.

Me tranquilicé y me levanté del suelo. De verdad quería volver a casa. Lo que acababa de pasar era un asco y me sentía agotado, pero lamentarme no iba a solucionarlo.

Me acerqué a mi máquina, o más bien a lo que quedaba de ella, para hacer control de daños.

La estructura principal estaba completamente destrozada, aunque, de alguna manera, parecía que el ordenador estaba intacto. Decidí comprobar que los datos no estuvieran corrompidos. Mientras lo hacía, mis ojos empezaban a volverse cada vez más pesados. Sin embargo, no podía descansar, aún no. Necesitaba trabajar un poco más, pero pensé que no pasaría nada por cerrar los ojos un momentito.

Al parecer, infravaloré lo cansado que estaba, porque al segundo de hacerlo caí dormido al suelo con el sonido de las explosiones de fondo.

—¡Ber! ¡Ber!

Me desperté al escuchar cómo gritaban mi nombre mientras me zarandeaban. Entreabrí los ojos para ver quién era la persona que tenía a mi lado y fui deslumbrado por una luz. Me fijé a mi alrededor y vi que, aparte de aquella luz, todo estaba sumido en una completa oscuridad. Al parecer, me había perdido la comida y la cena. Aún estaba medio dormido cuando me di cuenta de que quien me estaba hablando era la bruja.

—Ber, ¡¿estás bien?! ¡¿Qué ha pasado?! —preguntó mientras seguía sacudiéndome.

—Cálmate, ¿vale? Estoy bien —dije haciendo que dejara de moverme—. Ese monstruo del que hablan en la ciudad intentó destruir la máquina. Quise detenerlo, pero al final solo acabé acelerando el proceso.

—¡¿Que te atacó el demonio?! ¡¿Estás seguro de que estás bien?!

—Sí, estoy bien. No ha llegado a tocarme.

—No tendría que haberme ido. Si no me hubiera... —empezó a murmurar para ella misma.

Al mirarla, me sorprendió lo consternada que parecía. Tenía los ojos hinchados y no dejaba de hiperventilar. Al pensarlo, me di cuenta de que, desde su punto de vista, cuando llegó, al ver este desastre y a mí tirado en el suelo, debió de pensar que...

Aun así, no entendía por qué seguía tan preocupada. Mientras estuviera vivo, aún podría pedirme que la compensara, así que ¿qué importaba si estaba bien? ¿Por qué iba a preocuparle? A menos que...

Creo que fue entonces cuando comprendí que realmente Susan solo quería ayudar.

—Oye, de verdad que estoy bien. No tienes por qué preocuparte —intenté tranquilizarla—. Al final, solo ha sido un susto, nada más.

—Menos mal —contestó aliviada.

Me alegró conseguir que se calmara, solo tenía que hacer una cosa más.

—Susan, siento mucho haberte gritado todas esas cosas.

Abrió mucho los ojos, supongo que la pilló por sorpresa.

—Yo..., no tienes que disculparte. Creías que hoy volverías a ver a tu familia; como resultó que no, te enfadaste y yo estaba ahí. No importa.

—Sí que importa. No has sido más que amable conmigo y no te merecías eso.

—Ber...

—No he terminado —la corté—. Puede que ahora en tu mundo no tengas a nadie; sin embargo, no como yo. Le caes bien a la gente. Cuando vuelvas, harás amigos. Ya los tienes aquí, soy yo quien está solo.

—Creía que habías dicho...

—Mentiras. No he hablado con los idiotas de mis padres desde que me fui de casa, mis «amigos» como mucho echarán de menos mi tarjeta de crédito, nada más. Solo le caigo bien a Einstein, pero para cuando consiga volver ya se habrá olvidado de mí.

No sabía por qué había dicho todo eso, no tenía intención de ser tan sincero. Desvié la mirada y el calor se me subió a las mejillas.

—¿Sabes? Aunque no volvieras a ver a tu gato, no creo que te olvidara.

—¿Y eso? —pregunté distraído por la vergüenza.

—Está claro que te importa mucho Einstein y nadie olvidaría a alguien que le quiere tanto.

«Menuda estupidez» fue lo primero que pensé, pero me hizo sentir mejor. Me ayudó a recordar que los gatos reconocen a sus dueños por años si han estado en un hogar constante durante más de seis meses. En verdad, no tenía de qué preocuparme. Tenía suficiente tiempo para volver.

—Gracias, y, de nuevo, lo siento.

—Sin problema.

Susan extendió los brazos.

—No me van los abrazos, demasiado contacto físico —me adelanté nervioso.

—Oh, vale —contestó bajándolos rápidamente.

Yyyy momento estropeado.

—Voy a volver al trabajo. Siendo positivos, esto me da la oportunidad de rediseñarlo. He ido demasiado rápido intentando teletransportarme directamente, primero debería intentar replicar el fenómeno de la ventana.

Ya no hablaba con ella, sino conmigo. Me incorporé para volver a trabajar.

—Espera. Antes de que te pongas con la máquina, creo que me gustaría reclamar el pago por mis servicios ahora.

—Inesperado, tienes mi atención.

—Aún no he cenado y doy por hecho que tú tampoco. ¿Me acompañas a El Puerco?

—¿En serio? ¿Eso es lo que vas a pedirme?

—No me gusta comer sola. Además, tu gato no es el único al que le caes bien.

Eso me sorprendió, aunque lo disimulé bastante bien.

—De acuerdo. Total, necesito pedirles otra tienda de campaña.

Sonrió y los dos nos dirigimos a la ciudad.

Mientras caminábamos, no podía dejar de preguntarme si había dicho lo de que le caía bien en serio.

«No veo cómo a alguien le podría gustar algo de ese mocoso sabelotodo, aparte de su cartera».

Imposible. Solo estaba siendo amable, no tenía sentido pensar más en ello.

Sin embargo...

Susan

Me levanté con un terrible dolor de cabeza, tenía marcas de golpes por todo el cuerpo. Nada a lo que no estuviera acostumbrada. Simplemente, me alegró seguir viva. Aún estaba algo mareada, cuando noté que mis manos estaban húmedas y al revisarlas comprobé horrorizada que estaban manchadas de sangre. Me di cuenta entonces de que el suelo estaba lleno de charcos de ese mismo líquido rojo. Escuché un débil gemido y levanté la vista para encontrarme con la fuente del sonido y de la sangre. Mis padres estaban tirados en el suelo con profundos cortes por los que se estaban desangran...

—¡¡¡Aaahhh!!! —Me desperté gritando.

Rápidamente, miré mis manos, estaban limpias. Me di cuenta de que estaba llorando, así que me sequé las lágrimas. Tenía que tranquilizarme. Saqué una poción turquesa de la bolsa, que dejaba al lado de mi cama, y me la bebí de un trago para calmarme. Esperaba que esta vez me ayudara.

Llevaba años sin tener esa pesadilla, pero desde que llegué aquí la tenía todas las noches. No era agradable. Necesitaba pensar en otra cosa, como en qué iba a hacer aquel día.

A la vez que me levantaba y empezaba a vestirme, repasaba mentalmente el plan de hoy. Cuando terminara de prepararme, desayunaría en El Puerco. A continuación, tenía que ir a recolectar ingredientes para mis pociones; cada vez me pedían más y tenía que abastecerme casi a diario. Primero iría al bosque de las pesadillas para recoger hongos. Cambiaba la ruta de recolección todos los días, pero siempre procuraba pasarme por allí primero para garantizar que nunca me encontrara con una pesadilla. Shine era muy amable y me ayudaba a recogerlos, aunque aún seguía diciendo cosas bastante preocupantes:

—Si te piden demasiadas pociones, puedes colar el veneno de una seta en una de ellas y te garantizo que te dejarán en paz y tampoco tendrías por qué preocuparte de las «consecuencias legales». Yo sé muy bien cómo silenciar testigos, ¡ja, ja, ja!

Pero a estas alturas ya sabía que solo estaba bromeando… Probablemente.

Después de recolectar todos los ingredientes, si tenía tiempo, iría a ayudar a Ber con su máquina. Desde que conocí al chico de pelo azul y ojos morados, sentía que había ido cambiando poco a poco. Hasta había empezado a iniciar algunas de las conversaciones que teníamos y la última vez que le vi, cuando mencioné que iba a Copo Nieve a por hortensias de hielo, me dio la chaqueta que siempre llevaba para que no me resfriara. Realmente, no la necesitaba, ya tenía una poción para protegerme del frío, pero me hizo tanta ilusión que me la ofreciera que no fui capaz de decírselo y me la llevé. Hoy se la devolvería.

Bajé al primer piso y me alegró ver que todo seguía intacto. Ya había logrado tranquilizarme. Abrí la puerta y me sorprendí al encontrar a Ramstro de espaldas.

—Hola, Ram. ¿Qué haces?

Al escucharme, pegó un pequeño salto y se giró hacia mí. Se veía bastante nervioso.

—Ah, estás despierta, bien.

—¿Pasa algo? Te veo inquieto.

Respiró profundamente antes de responderme:

—Verás, la reina ha reclamado tu presencia en el castillo. Estoy aquí porque, con la excusa de que sabía dónde vivías, me he ofrecido a traerte.

—¿La reina quiere verme?, ¿para qué?

—No-no lo sé, no han querido decírmelo.

—Bueno, en ese caso, lo descubriré cuando la vea. ¿Vamos?

—A ver, es decir, tampoco es tan urgente. No tienes por qué ir ahora mismo. Si quieres, les puedo decir que no estabas aquí.

—Pero si es la reina quien me ha convocado, ¿no debería ir cuanto antes?

—Su-supongo que sí —suspiró decepcionado.

Algo raro le estaba pasado a Ram. Se le veía muy nervioso y no era capaz de mirarme a la cara directamente. Intenté varias veces preguntarle qué le pasaba durante el paseo, pero siempre esquivaba la pregunta.

—¿Estás seguro de que estás bien? —le insistía yo.

—¿Por qué no iba a estarlo? —contestaba él con una sonrisa forzada.

No había duda de que me estaba ocultando algo y, definitivamente, tenía que ver con que la reina quisiera verme.

—¿Qué crees que querrá la reina de mí, Ram?

—No me lo han contado.

—Ya, pero ¿tú qué piensas?

—Ni-ni idea.

—Venga, algo se te ocurrirá.

—Nop, nada de nada.

Daba igual lo mucho que insistiera, no iba a decírmelo. Decidí rendirme e intenté hablar de otra cosa. Sin embargo, sacara el tema que sacara, él estaba demasiado distraído para seguir el hilo de cualquier tipo de conversación, por lo que acabamos caminando en silencio.

Llegamos a la ciudad y nos dirigimos directamente hacia el castillo. Por el camino, algunas personas se detuvieron a mirarnos. Ya llevaba un tiempo aquí y la gente se iba acostumbrando. Aun así, algunas personas seguían sin poder quitarme la vista de encima, lo cual me resultaba raro.

Cuando llegamos a la entrada del castillo, no pude evitar detenerme a admirarlo. Ya lo había visto desde lejos en otras ocasiones, pero desde cerca... ¡Guau!

Era la construcción más grande que había visto en mi vida. Era incluso más enorme que el coliseo. Las paredes estaban hechas de mármol gris y los techos de un mineral negro brillante que estaba segura de que solo existía ahí.

En los alrededores, había un montón de pájaros parecidos a los cuervos, pero con los ojos completamente blancos, lo que hacía que pareciera que todos nos estaban mirando.

Ramstro se había saltado este lugar cuando me enseñó la ciudad. Quizá eso tenía que ver con la razón por la que estaba tan nervioso.

Los guardias nos abrieron el gran portón y entramos. Cruzamos un largo pasillo con un alto techo, en las paredes había colgados retratos de gente que parecía importante. De hecho, vi uno en el que salían Mesher y un señor parecido a Shine junto a otras seis personas con cuernos y halos. También había soldados marchando por todas partes. El lugar parecía un laberinto; si Ramstro no hubiera estado a mi lado, definitivamente me habría perdido. Atravesamos otra puerta que llevaba a unas escaleras. A cada escalón que subíamos, Ramstro sudaba más y no era porque estuviera cansado. Se me estaban empezando a contagiar sus nervios, ¿para qué quería verme la reina? Llegamos a otro pasillo, en el que a la mitad había una puerta más grande que las demás de color rojo. Supuse que aquella debía de ser la antesala del trono.

—La reina Zaila Sanguis solo ha solicitado audiencia con la bruja.

Nos detuvo uno de los guardias que custodiaban la puerta.

—Pero yo soy al que encargaron escoltarla —le replicó.

—Y eso has hecho, ahora debes retirarte.

—Pero...

—No pasa nada, Ram, estaré bien sola.

Me miró como si fuera a entrar al matadero y me dio un abrazo.

—Ram, me estás asustando.

—Creo... que lo saben —me susurró al oído.

—¿Que saben el qué? —le pregunté en voz baja.

—Lo-sa-ben —respondió haciendo mucho énfasis en cada sílaba.

Al principio, me confundió lo que dijo, pero entonces me di cuenta. ¿Qué podría preocuparle a Ramstro que otras personas supieran sobre mí?

El demonio.

LO SABEN

Los guardias cerraron las puertas después de que entrara. La antesala del trono era una habitación pequeña, decorada con espadas y lanzas; el suelo estaba cubierto por una alfombra roja y del techo colgaba una lámpara de araña.

No era capaz de recordar si Ramstro me había dicho algo más después de eso, estaba demasiado impactada como para escucharle. Me senté en un banquillo de terciopelo que había ahí a esperar.

Esta situación parecía sacada de mis peores pesadillas. Temblaba pensando que eso pudiera ser peor que cuando me echaron de mi pueblo, pero sabía que pasara lo que pasara me lo merecía, por lo que decidí aceptar mi destino.

No pasó mucho tiempo hasta que otro guardia me abrió la puerta desde el interior. La sala del trono era inmensa y estaba llena de columnas rectangulares. Todo era de color gris oscuro, a excepción de la alfombra roja, que continuaba hasta un trono elevado hecho de varias piedras rectangulares. Ahí sentada se encontraba la reina.

Llevaba una brillante armadura y tacones de aguja plateados. Su pelo era largo, de color rojo sangre, estaba decorado con una diadema gris con un pequeño rubí en el centro y parecía ser incluso más alta que Ramstro. Estaba sentada con las piernas cruzadas y la cara apoyada en su puño, desde ahí arriba me miraba con seriedad. No comenzó a hablar hasta que me acerqué.

—Tú debes de ser aquella a la que llaman bruja —habló con una voz seria y tranquila.

—A-así es, su majestad.

A la vez que pronunciaba las palabras, me esforzaba en recordar las lecciones de mi maestro sobre cómo hablar con la realeza y nobleza para no ofenderlos. Ya estaba metida en suficientes problemas.

—Tengo entendido que has estado repartiendo elixires entre mi gente.

—Pociones, majestad —la corregí por reflejo.

—Eso. La cuestión es que como te tienen a ti ya no acuden al hospital y, por lo tanto, se están negando a pagar los impuestos médicos.

—¿Impuesto mé-médico?

—Algo de este mundo. No me apetece explicarlo, solo necesitas saber que has estado causándome problemas.

—Lo-lo lamento, su majestad.

—No hace falta que te disculpes, sé que no tenías malas intenciones. Te diré lo que vamos a hacer. Mis hombres recolectarán para ti cualquier material que puedas necesitar, a cambio nos entregarás los lotes de pociones que te solicitemos. También necesitaría que escribieras una guía sobre cómo recetarlas para mis médicos. ¿Te parece un trato justo?

—¿Eso quiere decir que ya no puedo darle pociones a la gente?

—Por supuesto que no. Aún les podrás atender, pero como trabajarás para mí aún deberán pagar el impuesto. Por lo tanto, considero que volverán a ir al médico, ¿aceptas?

—Sí, majestad, pero antes quisiera saber, ¿solo me ha convocado para esto? —pregunté con un atisbo de esperanza.

—No, aún tenemos que discutir otro asunto.

Mi corazón dio un vuelco.

—¿De-de qué se trata?

—Al ser la reina, debo reunirme con todos los miembros de los Nueve y he decidido empezar contigo para matar dos pájaros de un tiro. Esta reunión debería haber tenido lugar hace tiempo, pero, como habían pasado milenios desde su última aparición y esta vez solo sois ocho —tragué saliva—, hemos tardado un tiempo en decidir cómo proceder. A continuación, deberás pasar a la sala contigua —señaló una pequeña puerta que no había visto antes— y proporcionarles a mis invocadores una lista de artilugios de tu mundo que puedan sernos útiles. Algo así como un intercambio cultural.

Una sensación de alivio recorrió todo mi cuerpo. Ramstro se había equivocado, no lo sabían. Pero esa satisfacción no duró mucho. En verdad solo era cuestión de tiempo que alguien lo descubriera y, aunque no fuera así, esta gente me había acogido en su hogar. No se merecían que les mintiera.

—Disculpe, majestad, antes de eso debo contarle algo más.

La reina abrió ligeramente los ojos. Su cambio de expresión me sorprendió un poquito.

—Habla entonces.

—Sí-sí, lo cierto es que... —en ese momento, la miré a los ojos decidida a decir la verdad— cuando el faro me trajo aquí un monstruo de mi mundo me siguió. Ya ha atacado a algunos de sus ciudadanos. Lo lamento muchísimo.

Pero no podría describir con palabras el miedo que sentí.

Apartó la vista de mí y la dirigió al guardia. Se veía tan pequeño al lado del trono que no me había percatado de su presencia.

—¿Por qué no se me había informado de esto? —preguntó con un tono de irritación en su voz que nos hizo temblar a los dos.

Al guardia le puso nervioso que la reina le hablara.

—A pesar de que nos han reportado los ataques, ninguna de las víctimas ha sido capaz de describirnos al culpable, por lo que no sabíamos a qué o a quién buscar. Los ataques solo ocurren por las noches en las afueras de la ciudad y las pocas víctimas que ha habido apenas han sufrido daños, por lo que pensamos que no tenía sentido contárselo hasta que identificáramos al responsable.

—Comprendo, pero yo soy la que decide qué vale la pena contarme, así que no volváis a ocultarme información o tendréis que enfrentaros a las consecuencias. —Esto último lo dijo con una sonrisa increíblemente siniestra, no sé cómo mantuvo la compostura el guardia—. Si los ataques solo suceden por la noche, con poner un toque de queda será suficiente. Ve e informa a los demás. —Recuperó su calma y echó al guardia.

—Como usted ordene, su majestad.

Él se fue corriendo y nos quedamos las dos solas.

—Problema solucionado y ahora pasa a la sala contigua.

En cierto sentido, tenía razón. Aunque yo no sentía que fuera así, pero no me veía capaz de decir nada más, por lo que me limité a hacer lo que me decía.

Era una cobarde. Esto me iba a atormentar todo el día, por lo que intenté olvidarme de ello pensando en otra cosa. Una vez que terminara de hablar con los invocadores, iba a estar muy ocupada durante un tiempo preparando tantas pociones y escribiendo ese manual. Al menos, ya no tenía que recoger yo los ingredientes, pero antes de hacer todo eso tendría que ir a ver a Ber. Eso que había dicho la reina de un intercambio cultural me había dado una idea.

Acabé completamente perdida en mis pensamientos. De hecho, estaba tan distraída que cuando salí me había olvidado por completo de Ramstro.

Espero que no estuviera muy preocupado.

Ramstro

No dejaba de pasear en círculos frente a la puerta, no podía quitarme de la cabeza la cara que había puesto Susan. O se lo contaba al principio, o no se lo contaba. Eso había decidido, pero voy y se lo cuento cinco segundos antes de la reunión. ¡Menuda cagada! Esperaba no haberla asustado tanto como me había parecido.

Me mataba no saber lo que estaba pasando ahí dentro. La reina Zaila era conocida por ser despiadada y cruel. Cuando solo tenía ocho años, se cargó ella sola a cinco tumbros. No quería ni imaginarme lo que podría hacerle a ella; continué en este bucle hasta que me choqué con alguien.

—¡Mira por dónde vas! ¡Para qué tienes los ojos, si no! —gritó enfadado.

—Lo siento, padre —contesté a regañadientes.

La última persona que necesitaba encontrarme en este momento era mi padre. Mi buena racha de no toparme con él en los últimos días llegó a su fin. Me gritó un poco más hasta que se dio cuenta de que no le estaba prestando atención.

—¡Mírame cuando te hablo, Ramstro! ¿Por qué no dejas de mirar a la puerta? ¿Es por esa «fruja»? No te gustará, ¿verdad? ¡Sabes que tienes prohibido tener relaciones!

Otra vez no.

—Es bruja, no fruja, y solo es una amiga, aunque eso no es de tu incumbencia —murmuré la última parte.

—¡A mí no me hables así! Pero lo que yo quería decirte es que me alegra que la trajeras ante la reina. Recemos a Theo para que disfrute de su conversación con ella antes de mandarla con los invocadores.

De repente, empezó a interesarme lo que decía.

—¿Por qué iban a mandarla con los invocadores?

—Pues para añadir cosas a la lista de invocación. Si hubieras estudiado invocación como yo quería, lo sabrías.

Al escuchar eso, me sentí muy aliviado y, a la vez, un poco idiota. Todo había sido un malentendido. Me sabía bastante mal haber preocupado tanto a Susan por nada, luego la llevaría a ver los combates del coliseo a modo de disculpa.

—Volviendo al tema, sigue quedando bien con Zaila y pronto serás tú el que esté sentado en ese trono.

Y, cómo no, mi padre arruinaba mi recién recuperado buen humor.

—Padre, por favor —suspiré exasperado.

—¡¿Qué?! ¿Qué tiene de malo?

—Padre, se lo llevas proponiendo desde el día que nací y todas las veces te ha dejado bien claro que no está interesada. Sinceramente, me alegro porque yo tampoco quiero.

—Ella no sabe lo que quiere y tú tampoco. Esto es lo mejor para ti.

—Papá, ¡me saca diez años! —levanté la voz.

—¡Te he dicho que te refieras a mí como padre! —me gritó—. Además, que seas más joven te da ventaja. Yo mismo lo habría intentado con la anterior reina si no hubiera estado ya casada, por eso no me quedó otra que conformarme con tu madre —añadió pretendiendo ser gracioso.

Odiaba cuando hablaba así de mamá. Respiré profundamente para no volver a gritar.

—Padre, la reina no quiso entonces, no quiere ahora y no querrá jamás. No tengo posibilidades, olvídalo.

—Claro que las tienes, te ves exactamente igual que yo a tu edad. Si tan solo te arreglaras un poco y te cortaras ese pelo, las mujeres te encontrarían irresistible —me dijo toqueteándome el pelo.

«Precisamente, me lo dejo largo para no parecerme tanto a ti» es lo que iba a contestarle, pero antes de que pudiera decir nada pasó algo.

—Oye, ¿cómo te hiciste esta herida detrás de la oreja? —me preguntó mirándome con sospecha.

No me había dado cuenta de que eso estaba ahí, posiblemente me la haría cuando luché contra el demonio. Ya había cicatrizado, pero aún se notaba.

—Eh..., esto, yo... no-no me acuerdo —mentí como pude.

Normalmente, atribuyo los moretones que descubre a caídas tontas. Sin embargo, un corte detrás de la oreja era más difícil de justificar.

—¡¿No habrás vuelto a luchar en el coliseo?!

—Claro que no, padre —contesté intentando sonar lo más convincente posible—. Les dejaste muy claro a todos que si me dejaban combatir harías que los despidieran, ¿por qué iban a desobedecerte?

Creo que se lo tragó, porque pareció tranquilizarse.

—Está bien, solo por esta vez te creeré.

Suspiré aliviado. Por desgracia, ese alivio tampoco duró mucho.

—Pero, por si las moscas, estás castigado un mes sin salir.

—¡¿Qué?!

—Si me estás mintiendo y te dejo salirte de rositas, quedaría como un idiota. Por eso, voy a tomar medidas de precaución.

—Papá, ¡tengo diecinueve años, tengo trabajo, pago impuestos, no puedes castigarme!

—¡Que te refieras a mí como padre! Pero ¿sabes qué? Tienes razón, ya eres mayor. Estás bajo arresto domiciliario.

—¡¿Que estoy qué?!

—Como me has oído. Le has faltado el respeto al cabeza de la familia principal de invocadores. Un mes de arresto domiciliario es bastante piadoso, en mi opinión. De hecho, mejor que sean dos —me dijo con una sonrisa de superioridad.

—¡¿Dos meses?!

—Ya me has oído.

—¡Soy tu hijo! —exclamé incrédulo.

—Eso no te da derecho a saltarte la ley.

—¡Tú ni siquiera eres invocador!

—Pero tu madre sí lo es y al estar casado con ella tenemos el mismo poder, ya lo sabes.

—¡No puedes hacer eso! —le repliqué—. ¡No puede hacer eso! —le grité al guardia de la puerta, quien había estado fingiendo que no nos oía todo este tiempo. Esperaba que me diera la razón, pero se limitó a apartar la mirada—. ¿De verdad vas a hacer que me arresten?

—Preferiría no tener que hacerlo. Sería muy bochornoso para los dos, así que si aceptas no salir de tu habitación por dos meses no pondré la denuncia.

Era capaz de hacerlo. Se llevaba lo suficientemente bien con el jefe de la guardia como para pedirle que me arrestara y que lo hiciera. Si me procesaban, me pondrían un collar rojo y el patrón tendría que despedirme. No me quedaba otra que ceder.

—Está bien, ya me voy a mi cuarto.

—Perfecto. Mandaré a alguien para que le informe a tu jefe de que te vas a tomar unos días libres. Además, pienso mandar a unos guardias para que vigilen tu puerta, así que ni te plantees escapar.

A estas alturas, no me sorprendía.

Tendría que disculparme con Susan más adelante.

Mi padre era un cretino integral. Desde que tengo memoria, ha intentado moldearme en lo que él considera el «hijo perfecto» sin mucho éxito. Decía que era por mi bien, pero sabía que solo lo hacía por su propio beneficio. Mamá decía que no siempre fue así, que tenía un lado bueno; sin embargo, me costaba mucho imaginármelo. Por su culpa, tenía que taparme la cara cada vez que combatía. Además, no podía enfrentarme a los tumbros verdaderamente poderosos porque las lesiones que me provocarían serían demasiado difíciles de ocultar.

Al llegar a mi cuarto, me tiré en la cama. Mi habitación era algo más grande que la de los soldados y tenía un baño anexo por el hecho de ser el hijo del cabeza de los invocadores; pero, aparte de mi cama, un armario y un escritorio —que no había usado en mi vida—, estaba completamente vacía.

Guardaba la mayoría de mis cosas en una taquilla del coliseo para que mi padre no las tocara. Aunque ahora que iba a estar encerrado aquí durante un par de meses, ya no parecía una idea tan buena. Ojalá pudiera invocar cosas de esta dimensión, las reglas de invocación son demasiado confusas.

No podía dejar que mi padre se saliera con la suya. Iba a escaparme de esta habitación como que me llamaba Ramstro Convocare.

Podría decírselo a mamá, ella sí que hacía lo mejor para mí. Era la segunda persona con más poder del castillo y seguro que podría defenderme, pero eso provocaría que se pelearan. Que me amenazara con arrestarme era algo gordo, así que también lo sería la pelea. Luego estaría una buena temporada deprimida y preferiría evitar eso. Daba igual, me las apañaría yo solito. Dependiendo de a qué guardias tuviera, a lo mejor podría intentar negociar con ellos y, si eso no funcionaba, algo más se me ocurriría. Sin embargo, por el momento, parecía que iba a estar muy aburrido durante un tiempo.

Ber

Ya llevaba dos meses en este lugar y creo que estaba empezando a acostumbrarme. El toque de queda que habían puesto era algo molesto, pero había tenido que hacer mucho trabajo teórico últimamente, así que tampoco era tan inconveniente.

También había tenido que ir a ver a la reina. Susan me suplicó que por lo que más quisiera no fuera maleducado. Al llegar tuve que explicarles a unos invocadores del palacio un montón de inventos de mi mundo, gran pérdida de tiempo. De todo lo que les dije, solo se quedaron con el holograma; creo que porque fue lo único que comprendieron. Y hablando de Susan, antes de todo eso, había venido a verme con una idea.

Resulta que sí tenía los ingredientes necesarios para crear el portal, el problema era que le faltaban los que le permitían mantenerlo abierto. Había sido incapaz de encontrar algo que pudiera reemplazar lo que necesitaba para eso, pues si no encajaba exactamente con lo que buscaba podría provocar una fisura espacio-temporal.

Pero ella pensó que quizá yo podría hacer que mi máquina pudiera mantenerla abierta en su lugar, así que me dio una lista de las reacciones que tendría que recrear.

Pensé que sería complicado entender los conceptos mágicos, pero resultó que la mayoría era biología y eso era básicamente química aplicada, de lo cual sí entendía y menos mal, porque después de eso no volví a verla en un par de semanas. Al parecer, la reina le había encargado algo que la había tenido muy ocupada. Yo también había estado muy liado con los cálculos y las modificaciones de la máquina. Tuve que ir a una tienda especializada de invocadores para que me trajeran los materiales necesarios porque Ramstro se había esfumado. En la tienda, me pidieron que les firmara un documento que les eximía de pagar los materiales que les había encargado. Ramstro nunca me había pedido firmar uno de esos —posiblemente porque no sabría que existían—. Se lo mencionaría la próxima vez que le viera, que, sinceramente, esperaba que fuera pronto. Hay demasiada gente en la tienda para mi gusto —y puede que me gustara hablar con él más de lo que pensaba—.

A pesar de algunos inconvenientes, fui capaz de terminar mi nueva máquina y justo a tiempo, pues Susan acababa de terminar con lo suyo y vino para encargarse de los asuntos mágicos.

—Aquí es donde tienes que verter el líquido —le indiqué abriendo un compartimento del aro.

Exacto, aro, había tenido que hacerlo exactamente igual que el anterior. Al parecer, los círculos ayudaban al flujo de la magia.

—Es impresionante que hayas podido terminarla en tan poco tiempo. Ha tenido que ser muy difícil —mencionó mientras buscaba la poción en su bolsa.

—Tal vez para otra persona, pero no para mí —mentí descaradamente.

—Sin embargo, ¿estás seguro de que saldrá bien? Sé que fue idea mía, pero si no funciona no quiero ni pensarlo.

—No te preocupes. He comparado los cálculos un millón de veces, funcionará.

No era ninguna exageración. El riesgo de matarnos a todos si la cagaba en esto era muy real, por eso había puesto extra de esfuerzo en asegurarme de que la máquina fuera tan precisa como numéricamente fuera posible.

Posiblemente había maneras más seguras de hacer esto, pero, aunque me costara reconocerlo, no estaba haciendo ningún progreso por mi cuenta. Daba igual cuántas veces lo intentara, no lograba abrir otro portal. Esta podría ser mi única oportunidad de poder hacer avances. Era arriesgado, pero tenía plena confianza en mis cálculos. Iba a salir bien.

Susan sacó la poción y la vertió en la máquina.

—¿La otra vez no usaste una especie de círculo mágico?

—Sí, pero ya no es necesario. Como la máquina mantiene el portal abierto por mí, ya no lo necesito para potenciarme.

—Está bien, entonces empecemos la prueba.

Me puse en el panel de control y encendí la máquina. A continuación, activé una de las funciones de mi electrovisor.

—Todo listo, te toca.

Susan asintió y procedió a pronunciar las mismas palabras incomprensibles de la otra vez. La máquina empezó a emitir un brillo azul y a soltar chispas. No estaba seguro de si eso era una buena señal, empecé a plantearme si no había cometido un grave error. Me deshice de ese pensamiento rápidamente; mis cálculos estaban bien, saldría bien.

Una luz cegadora salió de la máquina y ambos cerramos los ojos. Cuando volvimos a abrirlos, un pequeño agujero había aparecido en el centro, entonces comprobé que volvía a tener conexión a internet. Antes de emocionarme demasiado, decidí asegurarme. Me acerqué al portal para ver lo que había al otro lado.

—Ten cuidado —me advirtió Susan.

Estando frente a él, alcé mi dedo índice y lo toqué. Tal y como lo imaginé, no fui capaz de atravesarlo, tampoco perdía nada por probar. Se sentía como si hubiera un cristal de por medio. Más adelante tendría que pensar en cómo atravesarlo, pero por el momento me centré en el experimento actual.

El portal era demasiado pequeño como para distinguir nada de lo que había al otro lado, así que usé el *zoom* del electrovisor.

Los coches volando, los altos edificios: no había duda de que ese era mi mundo.

Me giré y vi a Susan mirándome expectante. Sonreí y levanté el pulgar para indicarle nuestro éxito, ella también sonrió feliz.

Pero su sonrisa tenía algo que me sorprendió tanto que me echó para atrás.

—¿Qué pasa?

—Tus dientes... —le señalé.

—¿Qué pasa con mis die...? —Se tapó la boca con ambas manos en cuanto se dio cuenta de lo afilados que se habían vuelto y se dio la vuelta.

—No, no, no. Si me tomé una hace media hora —murmuraba nerviosa buscando algo en su bolsa.

—¿Estás bien? ¿Necesitas ayuda? —le pregunté acercándome.

—¡No! ¡No te acerques! —gritó y me paré en el sitio—. Solo necesito... ¡Ajá!

Sacó una poción turquesa, pero tan pronto como intentó abrirla se llevó ambas manos a la cabeza dejándola caer y, cuando tocó el suelo, le pegó una patada que la hizo salir rodando de la zona sin niebla.

—¡Nooo! —gritó viéndola rodar.

Hizo ademán de ir tras ella, pero volvió a sujetarse la cabeza y se puso en cuclillas en el suelo mientras parecía agonizar.

Estaba realmente preocupado. A pesar de lo que dijo me acerqué a comprobar cómo estaba, cuando vi que el color de su ropa empezó a cambiar y el de su piel.

—¿Susan?

Murmuró algo que no entendí.

—¿Qué?

—He dicho... —su sombrero desapareció— ¡¡¡grrraaa!!!

Le habían salido unos cuernos y una cola. Se dio la vuelta, se giró bruscamente hacia mí. Al ver sus ojos negros, no me quedó ninguna duda: delante de mí tenía al mismo monstruo de la otra vez.

Por un momento, tuve la impresión de que me estaba mirando, pero inmediatamente empezó a girar la cabeza en todas direcciones. Como se guiaba por el sonido y todo estaba en silencio, no sabía adónde ir.

Después de nuestro anterior encuentro, me tomé la molestia de volver la máquina insonora. Al menos, no tendría que preocuparme por eso. Sin embargo, aún no estaba totalmente fuera de peligro. Tenía que pensar en algo.

La bruja me había contado cómo funcionaba ese sombrero. El hecho de que hubiera desaparecido quería decir que aquello ya no era ella, por lo que no tenía sentido intentar hablar. Tampoco es que lo estuviera considerando después de lo de la última vez.

Miré hacia la dirección a la que rodó la poción que había tirado antes. La había visto tomarla varias veces antes, posiblemente eso la devolvería a su estado normal.

Volví a mirar al demonio. Había empezado a correr en direcciones aleatorias a la vez que soltaba golpes en el aire.

¿Cómo no me había dado cuenta antes? Fijándome bien, aún conservaba ciertas similitudes con su forma normal. ¿Acaso estaría realmente preocupada por mí cuando me encontró después del ataque o solo se sentía culpable? Me daba asco pensar que la había consolado.

Pero por el momento no podía distraerme con eso, ya haría luego que respondiera a todas mis preguntas.

Tenía que llegar hasta la poción sin hacer ningún tipo de sonido, pero, aunque no hiciera ruido, por la forma aleatoria en la que se movía, cabía la posibilidad de que se chocara conmigo.

Debía mantenerla distraída para que no se metiera en mi camino y sabía cómo hacerlo.

Insonorizar la máquina no era la única preocupación que había tomado. Saqué una bocina con temporizador y la lancé lo más lejos que pude en dirección contraria a la que iba. El plan original era utilizar el lanza-redes para lanzar la bocina fuera de la zona sin niebla para que lo siguiera, pero en esta ocasión necesitaba que se mantuviera cerca.

Al tocar el suelo, empezó a sonar estridentemente. Tal y como esperaba, se lanzó sobre la bocina y yo salí corriendo, pero me detuve enseguida al escuchar cómo la destrozaba y volvía a correr en direcciones aleatorias. Era más rápido de lo que lo recordaba y yo más lento de lo que pensaba, menos mal que tenía bocinas de repuesto. Volví a lanzar otra bocina y salí corriendo. Esto iba a ser como una partida del escondite inglés, solo que más mortal que cualquiera que hubiera jugado anteriormente.

Por mucho que lo intentara, no era capaz de avanzar más de un par de pasos cada vez.

Y después de un buen rato, justo cuando me estaba acercando, me quedé sin bocinas.

Ya casi había llegado fuera de la zona y estaba seguro de que la poción no podría haber rodado muy lejos. Con el demonio correteando, era peligroso moverse, pero tampoco era mucho más seguro quedarme quieto, así que empecé a moverme silenciosamente o, al menos, esa era mi intención. Me di la vuelta para comprobar dónde se encontraba y vi que estaba peligrosamente cerca de la máquina. Mi corazón no pudo evitar dar un vuelco, no sabía qué podría pasar si la rompía con el portal abierto. Tenía que alejarlo rápidamente. Sin embargo, solo se me ocurrió una idea, una idea malísima, pero cuando vi que se colocaba justo al lado del ordenador no me quedó otra opción.

—¡Eh! —lo llamé.

Antes de que me diera cuenta, ya estaba corriendo hacia mí. Enseguida, me di la vuelta y me metí en la niebla —es increíble lo veloz que puede ser uno cuando su vida depende de ello—, encendí mi electrovisor y lo puse en modo linterna. Como no encontrara esa poción, enseguida sería hombre muerto.

A pesar de la ventaja que le sacaba, el demonio estaba recortando distancia rápidamente. Pensaba que estaba acabado, cuando la linterna dio con la poción. Ya lo tenía justo a mi espalda, así que me tiré sobre el frasco y no fui el único, el demonio se abalanzó sobre mí en ese mismo instante. Agarré la poción, quité el tapón y se la eché encima. Se paró en seco y produjo un alarido ensordecedor.

—¡¡¡Aaaarrrggg!!!

Progresivamente, según se iba apagando el grito, su tono de piel volvía a la normalidad. Los cuernos y la cola desaparecieron y su ropa volvió a su color original, pero lo que me confirmó que volvía a ser ella es que su sombrero volvió a aparecer encima de su cabeza. O a lo mejor no significaba eso, quién sabe si algo de lo que me había dicho era cierto. En cuanto terminó la transformación, se cayó al suelo; al parecer, estaba dormida.

Me levanté y me quité la tierra de encima —definitivamente, el blanco no era un buen color para estar en la naturaleza—. Me fijé en el frasco de la poción, aún quedaban algunas gotas dentro; decidí guardármelo por si acaso.

Me quedé ahí de pie esperando. Al cabo de un rato, acabó despertándose.

—¿Qué ha pasado? —preguntó incorporándose.

—¿No te acuerdas?

—Pues a ver, recuerdo que acababas de abrir el portal y que entonces me dijiste algo sobre mis dien... —Se calló al darse cuenta de lo que había pasado, levantó la cabeza para mirarme.

—Explícate —le ordené seriamente.

Volvió a agachar la cabeza y suspiró.

—¿Cuánto quieres saber?

—Todo.

Susan

Yo no tuve una infancia especialmente fácil. Recuerdo que vivía con mis padres en una ciudad cuyo nombre he olvidado en un pequeño edificio de ladrillo que estaba siempre sucio y lleno de basura, las ratas y las cucarachas eran de lo más común. Alguna vez intenté limpiarla, pero ellos ensuciaban más rápido.

Ninguno de mis padres trabajaba, se pasaban los días bebiendo en las tabernas o durmiendo. Todos los meses venía una persona diferente que les entregaba un sobre lleno de dinero, de ahí que pudieran salir tanto. Nunca supe quién lo mandaba, tampoco el porqué.

Ambos se odiaban con todo su ser, pero más me odiaban a mí. Después de todo, yo era la razón por la que habían tenido que casarse. Nunca me dejaban olvidarlo, siempre me lo recordaban a gritos, por eso jamás se hicieron cargo de mí. Si tenía hambre, frío o me encontraba mal, tenía que apañármelas yo solita. Y si hacía algo que les molestara o simplemente estaban enfadados e-ellos me-me...

En cuanto aprendí a hacerlo, me borré todas las cicatrices con magia. Aunque a veces es como si aún pudiera verlas.

Pensé muchas veces en escapar, pero no tenía adónde huir. Además, eran mis padres. Tenía la esperanza de que si me portaba bien y no les causaba problemas a lo mejor algún día empezarían a quererme y todo cambiaría. Me repetía eso constantemente para seguir aguantando, ahora sé que eso era una estupidez.

Todo se mantuvo igual durante mucho tiempo, hasta que «eso» pasó.

Tendría como unos seis años por aquel entonces. Mis padres estaban tirados por el suelo de la casa, me dieron dinero para que les comprara cerveza y me dejaron bien claro qué me harían si me lo gastaba en otra cosa.

Tuve la mala suerte de que la taberna más cercana estaba cerrada, tuve que ir hasta el otro lado de la ciudad. El barril de cerveza que compré era muy grande y yo muy débil, estaba teniendo muchas dificultades para arrastrarlo hasta la casa. Pensaba que si no volvía pronto mis padres se enfadarían, así que intenté atajar por un callejón. Era estrecho y estaba sucio, por lo que nadie más pasaba por ahí. El callejón me llevó a una pequeña plaza con una estatua en el centro. Mi mala suerte volvió a golpearme cuando en ese preciso instante empezó a llover. Me apresuré a refugiarme debajo de la estatua, no podía permitirme ponerme enferma.

La lluvia removió la tierra que había alrededor de la estatua y desenterró un papelito. Me extrañó que a pesar de la lluvia el pergamino no parecía estropearse. Dejó de llover enseguida y me acerqué a examinarlo. Estaba algo sucio, pero, aparte de eso, se encontraba en perfecto estado. Había algo escrito en él. Por aquel entonces, yo aún no sabía leer, así que me sorprendió mucho entender lo que ponía. No sé por qué, leí en voz alta lo que decía: «Á-mi-na».

Y en ese momento todo se volvió negro.

Aquello no eran palabras: eran símbolos mágicos; por eso los entendía, y ese pergamino era un sello. Al decir las palabras, acababa de liberar a lo que estaba atrapado dentro, pero yo aún no lo sabía.

Cuando recuperé la conciencia, ya se había hecho de noche. No estaba segura de si lo que había pasado había sido un sueño. Dejé de pensar en ello en cuanto vi que el barril de cerveza había desaparecido. Alguien lo robaría mientras estaba inconsciente. No tenía forma de reemplazarlo y ya era muy tarde, así que me limité a volver a casa intentando contener mis ganas de llorar.

Como era de esperar, mis padres estaban muy cabreados, ni siquiera me dejaron explicarme. Nada más vieron que no tenía la cerveza, mi padre me cogió del brazo y me lanzó contra la pared. Me hice una bola para intentar cubrirme de las patadas que me daban, los dos estaban más enfadados de lo normal y les daba igual cuánto llorara o me disculpara. Tenía miedo de que ese fuera mi final y, en mitad de todo esto, volví a perder el conocimiento.

Cuando desperté, me dolía mucho todo el cuerpo, pero me sentí aliviada de seguir con vida, tanto que al principio no noté la sangre. En cuanto vi a mis padres, quedé en *shock*. No sabía qué hacer. Tenía demasiado miedo como para comprobar si seguían vivos, me limité a salir corriendo.

No recuerdo cómo me las apañé para pasar a los guardias y salir de la ciudad, solo sé que lo hice. Corrí durante tanto tiempo que dejé de sentir mis piernas y después seguí corriendo. No entendía del todo lo que acababa de pasar. No había nadie más en la casa. La única persona que podría haberles hecho aquello era yo, pero yo no tenía la fuerza para hacer algo así. No tenía sentido, aquel fue el comienzo de unos meses complicados.

Todo ese tiempo estuve viviendo a la intemperie. Me quedaba inconsciente a cada rato y luego me despertaba sin recordar nada en un lugar completamente diferente. No volví a despertar con las manos cubiertas de sangre, pero me aterraba pensar que podría volver a pasar. Me daba tanto miedo no saber lo que hacía.

Llegó el invierno y yo estaba buscando un lugar donde refugiarme del frío, sabía que no duraría mucho en el exterior. En mi búsqueda, me topé con un pequeño pueblo. Era de noche, por lo que todo el mundo se encontraba durmiendo en sus casas. Vi que una de las casas estaba más alejada del resto y me acerqué a mirar. Desde una ventana abierta, me asomé a su interior. Parecía un hogar bastante acogedor, aunque lo que más me llamó la atención fue la chimenea encendida.

No estoy orgullosa de lo que hice a continuación. Tenía mucho frío, así que de un salto entré por la ventana en la casa. Solo tenía intención de quedarme un rato, pero se estaba tan calentito al lado del fuego que me quedé dormida.

No me desperté hasta la mañana siguiente. Era la primera vez en mi vida que dormía tan bien. Aun así, me sentía mal por colarme en la casa de un extraño, tenía que irme antes de que se despertara. Sin embargo, al abrir los ojos, me encontré con un anciano con una larga barba plateada que vestía una bata morada observándome. En ese momento, caí en la cuenta de que ya no estaba en el suelo, sino en una cama.

—Veo que ya te has despertado. ¿Cómo te encuentras? —me preguntó.

A pesar de su tono amable, instintivamente me eché para atrás.

—Tranquila. No te asustes, no voy a hacerte daño.

El anciano tenía un aspecto amigable. Aun así, me costaba fiarme de él.

Estaba intentando pensar en qué hacer, cuando me sonó el estómago.

Él notó esto y me ofreció un cuenco de sopa. Tenía mucha hambre, así que lo acepté sin pensarlo; me la terminé enseguida, jamás había probado nada tan delicioso.

Cuando terminé, me preguntó si quería comer algo más, asentí y le seguí a la habitación donde estaba la chimenea. La gusa hizo que perdiera toda precaución. Ahí había una mesa llena de comida sobre la que me lancé. A la vez que comía, el anciano me hizo varias preguntas sobre de dónde venía y dónde estaban mis padres. Por miedo a que me quitara la comida si no contestaba, respondí con total sinceridad a todas sus preguntas, así que se hizo una idea de mi situación actual.

Al terminar de comer, me hizo una última pregunta, que qué me parecería vivir allí por un tiempo, lo cual me pilló completamente desprevenida. La idea de vivir en una casa tan bonita con comida tan buena me hizo muchísima ilusión, pero después de pensarlo con detenimiento tuve que rechazarlo. Eso le sorprendió un poco. Me preguntó por qué no quería y yo le hablé de mi problema. Recordé el charco de sangre en el que acabaron mis padres; él parecía un hombre amable y no podía dejar que terminara igual por mi culpa.

Me extrañó mucho cuando me dijo que esa era una razón más para quedarme. Chasqueó los dedos y un sombrero apareció sobre su cabeza. Me contó que él era un brujo y que si le daba más detalles quizá podría preparar un remedio. Sonaba tan perfecto que no podía creerlo.

Y entonces todo se volvió negro...

Al despertar, me encontré con la puerta de la cabaña destrozada y el suelo arañado. Lo había vuelto a hacer. Por un momento, me asusté mucho. Por suerte, al parecer, el anciano estaba bien. Inmediatamente, empecé a llorar y a disculparme con él. Me cortó y me tendió un frasco con un líquido turquesa.

—Tómatela una vez a la semana y no volverás a perder el conocimiento.

Miré por la ventana y vi que aún era por la mañana. Jamás había recuperado la conciencia tan rápido, ahí comprendí que aquello realmente funcionaba.

Fue entonces que empecé a vivir con a quien yo llamaba mi maestro. Ese fue el inicio de la época más feliz de mi vida.

Unos días después, descubrí que yo también era una bruja. El maestro me enseñó muchas cosas, no solo magia, también habilidades de uso diario. Al principio, me daba bastante miedo relacionarme con el resto de los adultos del pueblo, pero mi maestro se mantuvo a mi lado todo el tiempo y así fui capaz de interactuar con la gente con normalidad. Gracias a la poción, ya no tenía que preocuparme de lo que descubrí que era un demonio, así que nunca se lo mencioné a nadie más. No era mi intención ocultarlo, solo es que entonces no vi la necesidad.

El maestro era una gran persona y me llevaba bien con los aldeanos. Pensaba que mi vida iba a quedarse así para siempre, pero entonces el maestro murió.

Él ya era bastante viejo, tenía unos trescientos cincuenta y cinco años. Su hora había llegado hace tiempo, pero, aun así, fue un gran *shock* para mí cuando esa mañana descubrí que ya no respiraba.

Los siguientes días fueron una locura. Sabía que él estaba en un lugar mejor junto a todos sus viejos amigos, pero se me hacía tan duro pensar en entrar en la casa y no verle sentado al lado de la chimenea. Todos le tenían mucho aprecio en el pueblo, el maestro llevaba viviendo allí trescientos años y todos estaban muy apenados por su muerte. En el funeral, escuché a los adultos hablar preocupados sobre qué iban a hacer con las tareas de las que se encargaba él, por lo que me ofrecí a encargarme de todas en su lugar. Quería ayudar a los habitantes del pueblo. Además, pensé que sería una buena distracción. Sin embargo, mi maestro era un poderoso brujo con años de experiencia. Él podía terminar todas las tareas en un par de minutos, yo no...

A mí me tomaba todo el día. Cuando anochecía, estaba completamente agotada, pero, aun así, no me iba a dormir. El maestro me había dejado muchos libros de brujería y como no tenía tiempo por el día para estudiar lo hacía de noche. Apenas dormía por estar estudiando, lo que provocaba que estuviera cansada y cometiera errores que hacían que tardara más en terminar y entonces empezaba más tarde a estudiar, por lo que dormía menos y estaba más cansada. Me hacía feliz ayudar a los habitantes y no quería dejar de estudiar, así que estuve atrapada en ese bucle durante tres meses. Hasta que un día estaba tan cansada que me olvidé de tomar la poción.

Con toda la mala suerte del mundo, no me di cuenta hasta que empecé a transformarme en mitad de la plaza. Tenía más fuerza mental que cuando era pequeña, así que pude mantener la conciencia durante la transformación y fui capaz de tomar la poción antes de que finalizara volviendo a la normalidad, pero los del pueblo ya habían visto mucho. Me pidieron que les explicara qué había sido eso y yo se lo tuve que contar todo. Cuando terminé, todos me miraban, o asustados, u horrorizados; algunos niños con los que jugaba se echaron a llorar. Les preocupó que pudiera volver a olvidarme de tomarla o que dejara de funcionar y que entonces matara a sus familias. Después de todo, un demonio es peligroso. Así es como, muy a mi pesar, me desterraron del lugar que había sido mi hogar durante los últimos años. Ni siquiera tuve tiempo de recoger mis cosas.

Volvía a estar sola, pero como esta vez ya me había acostumbrado a contar con gente a mi lado era muchísimo más duro. Estuve viviendo en el bosque pensando en qué hacer durante varios días, cuando me desperté aquí.

Al terminar de contarle todo esto a Ber, me di cuenta de que había lágrimas cayendo por mis mejillas. Había estado guardándome todo esto para mí misma y supongo que no pude aguantar más. Me sequé las lágrimas y continué explicándome:

—Pensé en tomarme mi estancia aquí como unas vacaciones mientras pensaba en qué hacer a continuación. Sin embargo, desde que llegué, el efecto de la poción se ha ido reduciendo. —No pude evitar volver a empezar a llorar. Me dio mucha vergüenza, pero seguí hablando—: Cada vez necesito tomarla más a menudo para evitar transformarme y, si el efecto se agota cuando estoy durmiendo, no hay nada que pueda hacer. Tu máquina fue destruida porque yo me olvidé la bolsa y no pude tomarme la poción. ¡Lo siento mucho!

A pesar de estar disculpándome, mantuve la cabeza baja al igual que durante el resto de la historia. Tal vez me miraba enfadado, asustado o asqueado; no me atrevía a comprobarlo.

—Cuando me dijiste que había sido el demonio, me sentí tan culpable. Quería contártelo, ¡quería contárselo a todo el mundo! Pero me daba miedo volver a quedarme sola, yo solo quería hacer amigos. Lo siento.

Lo había vuelto a arruinar. Tenía otra oportunidad para rehacer mi vida y lo volvía a fastidiar. Al final, mis padres tenían razón: siempre lo estropeaba todo.

Hice una pausa para volver a secarme las lágrimas y continué hablando:

—Sin embargo, eso ha sido egoísta por mi parte y he acabado haciendo daño a otras personas. He decidido que lo mejor será que me mantenga alejada de los demás, así no le haré más daño a nadie.

Mientras hablaba, había estado rebuscando disimuladamente una poción en mi bolsa. En cuanto terminé de contarle la historia, la saqué.

—Lo siento muchísimo, Ber. Suerte con el portal.

—Espera —me dijo, pero yo ya había quitado el tapón.

Del frasco salió un montón de humo rosa muy denso. La niebla ya me cubría lo suficiente, pero quería garantizar que no me viera. Saqué otra poción y me la bebí; era de invisibilidad. Me levanté y empecé a alejarme. Cuando el humo rosa desapareció, escuché que Ber empezaba a gritar mi nombre. No sabía por qué hacía eso. Podría haberme dado la vuelta y comprobarlo, pero me daba demasiado miedo mirarle y ver en sus ojos lo que vi en los de los habitantes de mi pueblo. Además, yo ya me había decidido a no volver a causarle molestias a nadie nunca más, así que seguí andando a la vez que le escuchaba gritar.

—¡Susan! ¡Susan! ¡¡¡Susaaannn!!!

Rosaly

Que me hubieran convocado al castillo me había venido bien. Ese maldito faro me trajo aquí cuando estaba en medio de un golpe a la joyería más grande del mundo, al menos del mío. Llevaba meses planeándolo y no me hizo ninguna gracia que se fastidiara el plan. El viejo sabueso del inspector Sparky iba a pensar que me había rajado, pero no tenía sentido lamentarse por ello. Era mejor centrarse en el siguiente atraco y, en cuanto vi el castillo, supe cuál sería mi objetivo. Castillo es equivalente a riqueza y entre las riquezas siempre se encuentran piedras preciosas. ¡Tan solo de pensarlo me excitaba!

Después de hablar con esos invocadores, pude darles esquinazo con facilidad a mis escoltas y, cuando me aseguré de que nadie me veía, alcé el vuelo. Los techos eran muy altos, así que era la forma perfecta de desplazarme sin que me vieran. Aún no pensaba robar nada, primero debía hacer un reconocimiento para hacer un mapa del lugar. Sería fantástico si encontrara un lugar donde instalarme durante unos días para escuchar conversaciones ajenas y reunir información, aunque con tanto soldado parecía algo imposible. Habría ido más rápido si hubiera podido usar la ecolocalización, pero no había forma de que los soldados no lo oyeran, qué se le iba a hacer. Hablando de imposibles, lo ideal habría sido que ese joven, Ramstro creo que se llamaba, hubiera podido traerme lo que le pedí.

Al llegar aquí, después de que asimilara lo que estaba pasando, lo conocí. No parecía mal chico, era de los pocos hombres que había conocido que me miraban a los ojos y no a otro sitio al hablarme. Me caía bien, pero lo que más me interesó de él fue el hecho de que dijo que podía invocar cosas de mi mundo. Pensé que acababa de encontrar la forma perfecta de amasar fortuna. Para mi decepción, no fue capaz de traer ninguna de las piedras preciosas que le pedí. El pobre no se explicaba por qué no funcionaba, se disculpó y me preguntó si no habría otra cosa que necesitara. Podría haberle pedido alguna de mis herramientas de robo. Sin embargo, eso habría sido muy evidente, así que al final no me trajo nada. Quise volver a intentarlo en una tienda que había en la ciudad, pero me pidieron que rellenara un formulario y prefería no dejar ningún tipo de evidencia, por lo que me fui. Era un verdadero asco. Aunque, por otro lado, los atracos no serían tan emocionantes si fueran fáciles.

Mientras volaba, vi algo que me llamó la atención: una puerta que estaba vigilada por dos guardias. Estaba pasando por encima de las que parecían ser las habitaciones de los soldados, ninguna otra puerta estaba vigilada, por lo que supuse que debía de haber algo importante dentro. La curiosidad pudo conmigo y bajé de forma disimulada al suelo, me acerqué a los guardias e hice mi mejor actuación. Con lágrimas de cocodrilo en los ojos y temblando, les dije que aquel monstruo que andaba suelto por ahí se había colado en el castillo. Ninguno de los dos se lo cuestionó y ambos salieron corriendo en la dirección que les señalé. ¡Los hombres son tan fáciles de engañar!

En el momento en que desaparecieron de mi vista, abrí la puerta. Desde fuera había podido escuchar la respiración de alguien en el interior, pero como solo era una persona pensé que podría hacerle bajar la guardia haciéndome la perdida y después dejarle KO de una patada en la nuca.

He de decir que me sorprendió bastante lo que encontré dentro; él también pareció sorprenderse de verme.

Cambio de planes.

Al parecer, Ramstro aún podría serme útil.

Fátima

Eran algo así como las seis de la mañana y estaba en un sitio llamado Llama Inferno ayudando a entrenar a un *ninja*.

—¿Vamos a seguir durante mucho tiempo?, porque me gustaría dormir algo más antes de que empiecen los combates en el coliseo.

Desde que llegué aquí, me había vuelto adicta a aquellos combates. Eran tan emocionantes como las batallas de los *animes,* había ido todos los días a verlos.

Definitivamente, estar aquí era mucho más divertido que ir a la tonta villa privada de Emilia —¿qué clase de psicópata construye una casa en un sitio sin internet?—. Y como mi maleta se vino conmigo aquí mi madre no tenía por qué saber que no había ido al final, siempre y cuando el faro vuelva a funcionar antes del 19 de septiembre.

—Solo una ronda más, Tenebris. Luego puedes hacer lo que quieras.

—Otra vez con lo del apellido. Ya te he dicho que me llames por mi nombre, hasta puedes llamarme Fati, si te gusta más.

—Prefiero seguir con el apellido. Ahora vuelve a transformarte —me ordenó seriamente.

—Ya voy, ya voy. ¿Sabes, Nate? Deberías ser más amable cuando alguien te hace un favor.

Nate se estaba quedando en la habitación justo enfrente de la mía en El Puerco y, precisamente por eso, ya que había presenciado mi increíble don, me había pedido ayuda.

—No cuenta como favor si me pides algo a cambio.

Ahí me pilló.

—Supongo que tienes razón —admití avergonzada.

Cuando me pidió que me levantara a las cuatro de la mañana para ir al pie de un volcán activo, casi me parto de risa, pero entonces caí en que podría sacar algo de aquello, así que a cambio le pedí que me regalara uno de sus kunáis.

Motivada por la recompensa, volví a adoptar mi forma fantasmal. Desde que tenía memoria, siempre había sido capaz de volverme intangible y flotar en el aire. La había heredado de mi padre —definitivamente, era lo único bueno que me había dejado—. Gracias a aquellos poderes, me aceptaron en un programa de entrenamiento de superhéroes —empiezo dentro de dos años— y ahora los usaba para convertirme en una diana en movimiento y así hacerme con un arma. Seguro que mi madre estaría orgullosa de mí.

Como las veces anteriores, empezó a lanzarme kunáis mientras yo me movía rápidamente intentando esquivarlos. Al parecer, era mejor para su entrenamiento que el objetivo estuviera en constante movimiento y, como, aunque me diera, no me hacía ningún daño, yo era perfecta para el puesto.

Y al igual que las otras veces, de los veinte que me lanzó me dieron veinte.

—¿Seguro que lo estás intentando? —me preguntó al recoger los kunáis.

—Oye, normalmente, ni siquiera tengo que molestarme en esquivar nada y tú tienes muy buena puntería. Esto es lo mejor que puedo hacer.

—Da igual, me buscaré otra forma de entrenar. Aquí tienes lo que te prometí —dijo tendiéndome un kunái.

Volví a mi forma normal y se lo quité rápidamente de las manos. Miré la cuchilla con fascinación, los objetos afilados me parecían tan guais. Entonces noté cómo el *ninja* me juzgaba.

—¿Qué? —le pregunté de mala gana.

—No estoy seguro de que haya sido una buena idea darte un arma —me respondió con la misma seriedad de siempre.

—Pues ya es muy tarde para cambiar de idea. Santa Rita, Rita, lo que se da no se quita —le contesté mientras guardaba el kunái en una funda que llevaba preparada en el bolsillo de mi falda—. Vámonos de aquí antes de que te dé un golpe de calor.

El tío llevaba un traje *ninja* negro y rojo supergrueso y un cubrebocas *ninja*. Con el calor que hacía, me sorprendía que no se muriera llevando todo eso.

Caminamos de vuelta a la ciudad a la vez que conversábamos.

—¿Por qué hemos tenido que meternos tan adentro? Caminar tanto es un pelmazo —me quejé.

—Quería alejarme lo más posible de la niebla. Además, andar también puede ser un entrenamiento.

—OK, eso lo entiendo, pero ¿por qué nos hemos levantado a las cuatro? ¿No había otra hora mejor?

—Normalmente, me habría levantado a las dos, pero con el toque de queda no ha quedado otra.

—No-no me refería a eso —murmuré.

Aparte de la hora, también me gustaría que hubiéramos podido entrenar en otro lugar, pero Nate no tenía otra opción. Cuando él llegó aquí, apareció en la arena del coliseo en medio de una pelea en la que el gladiador iba perdiendo. Él acabó cargándose al tumbro y volviéndose muy famoso por aquí —y eso que ser uno de los Nueve ya lo hacía superconocido—. Eso era una molestia para él porque no le gusta llamar la atención, así que se la pasa ocultándose de la gente utilizando sus habilidades *ninja*. El chico que nos enseñó la ciudad le recomendó este sitio porque está completamente vacío.

Seguimos andando un rato hasta que, de repente, Nate se paró en seco y puso su brazo delante de mí.

—No hagas ruido.

—¿Qué pasa?

—¿Escuchas eso?

No sabía de qué hablaba, yo no escuchaba nada. Negué con la cabeza y entonces él señaló a la derecha.

A lo lejos vi moviéndose a alguien de color verde, pensé que era un ciudadano y decidí saludarlo.

—¡Eeeh! ¡Ho! —Antes de que terminara la frase, Nate me tapó la boca.

—¿Qué crees que estás haciendo, Tenebris? —me preguntó alterado.

Me quité su mano de mi boca.

—Pues saludar, es lo que la gente educada hace cuando se encuentra con otra persona. Sé que no quieres llamar la atención, pero...

—Esa cosa no es una persona.

Volví a mirar en aquella dirección para ver a qué se refería y me encontré con que a lo que había intentado saludar ahora estaba corriendo a cuatro patas hacia mí. Mientras se acercaba, me di cuenta de que Nate tenía razón: aquello no era una persona, sino un demonio. Eso me hubiera emocionado más si no fuera porque se veía claramente que iba a atacarme. El bicho era exageradamente rápido y, antes de que me diera cuenta, ya estaba sobre mí. Por poco no me da tiempo a ponerme en modo fantasmal.

—¿A qué ha venido eso?

—Por eso, te dije que no hicieras ruido.

Después de que el demonio me atravesara, dio una voltereta, miró en nuestra dirección frunciendo los ojos y esta vez saltó sobre Nate. Él lo esquivó sin dificultad saltando a un lado y le lanzó un kunái directo a la cabeza. En el último momento, el demonio lo cogió con su cola, lo tiró al suelo y con un pisotón rompió la hoja.

—Veo que eres bastante fuerte, serás un digno oponente.

El demonio volvió a abalanzarse sobre Nate, pero esta vez en lugar de esquivarlo también se lanzó sobre él con kunái en mano. El demonio lo agarró por los brazos y, a pesar de la fuerza que había mostrado antes, ni siquiera logró moverle. Intentó atacarle con su cola, así que Nate levantó la pierna y la pisó contra el suelo con fuerza para que no pudiera usarla.

—¡Vamos, Nate! ¡Dale duro! —le animé.

Esto era lo más épico que había visto en mi vida.

Cuando grité, el demonio se giró hacia mí. Aprovechando que se distrajo, Nate pudo soltarse la mano que tenía el kunái y golpearlo, aunque solo logró hacerle un corte en la mejilla, ni siquiera pareció importarle. A continuación, intentó golpear la pierna que tenía atrapada su cola. Al esquivarlo, la soltó, aprovechó para zafarse de él y lanzarse contra mí otra vez, lo que me pilló por sorpresa. Como la otra vez, solo consiguió atravesarme.

Sin embargo, siguió intentando golpearme una y otra vez.

Nate miraba al demonio con confusión sin moverse. Al final, creo que decidió dejar que se cansara. Se sentía algo incómodo que me atravesara constantemente, pero podía soportarlo.

—Da igual cuánto lo intentes, no podrás tocarme —me burlé confiada.

Volvió a lanzarse un par de veces más antes de detenerse, entonces empezó a palparse el cuerpo hasta que dio con la bolsa que llevaba —me sorprendió no haberla notado antes—. Nate tomó una posición defensiva como precaución. Yo di por hecho que pasara lo que pasara estaría bien, así que ni me moví.

De la bolsa sacó unos frascos con líquidos de colores que empezó a lanzar a lo loco. No creo que estuviera apuntando, porque cayeron por todas partes. Todos hacían cosas diferentes cuando tocaban el suelo: unos creaban bloques de hielo; otros, explosiones. También estaban los que simplemente dejaban charcos y muchos más.

Uno de los que cayeron a mi alrededor soltó un gas de color morado que me quemó la mano derecha. Eso me preocupó muchísimo y no porque la quemadura fuera grave...

—¡¿Cómo ha hecho eso?! —grité nerviosa al sentir dolor a pesar de estar en mi forma fantasmal.

No sabía cuáles podrían afectarme, así que ahora tenía que empezar a esquivarlos todos. Lanzaba tantos y tan rápido que hasta Nate estaba teniendo dificultades para evitarlos. Para hacerlo peor, el demonio no dejaba de correr como loco por todas partes a la vez que los lanzaba.

Por mucho que Nate intentaba alcanzarlo con sus kunáis, no había manera.

—¿Qué hacemos? —le pregunté preocupada.

—No lo sé, es demasiado rápido como para acercarme y no soy capaz de acertar. Solo queda una opción, tienes que irte.

—¡¿Cómo?! —exclamé pensando que lo había oído mal.

—No podemos huir los dos, nos seguirá. Por eso, lo distraeré mientras tú escapas.

—¿Y qué pasa contigo?

—Ya me las apañaré, tú no te preocupes por mí. Cuando te avise, sal de aquí lo más rápido posible, ¿de acuerdo?

—¡No! ¡Claro que no! —contesté molesta con lo que sugería.

—¿Por qué no? ¿Cuál es el problema? —me preguntó molesto.

—¿Que cuál es el problema? Que no voy a dejarte tirado, no puedo ni quiero.

—No tenemos otra alternativa, así que haz lo que...

—¡Lalalalá! ¡No te escucho! —le corté gritando y tapando mis oídos.

—¡Escúchame! ¡Te estoy diciendo que es la única manera! —gritó alterado.

Primera vez que le veía perder la calma, pero, aun así, no cedí. Me daba igual conocerle desde hace poco, no iba a abandonarle, ese no es mi estilo.

—Está bien, Tenebris —se rindió finalmente—. ¿Qué sugieres, entonces?

Algo se me tenía que ocurrir. Ver tantos *animes* sobre demonios me había enseñado mucho, aunque era bastante complicado pensar y esquivar a la vez. Casi me golpea un bloque de hielo por distraerme un momento, pero cuando noté que no se derretía a pesar del calor se me ocurrió una idea.

—Creo que los frascos con líquidos azules son los de hielo, ¿podrías pillar uno? —le pregunté sonriendo.

—Puedo intentarlo.

Cuando el demonio volvió a lanzar uno de esos, Nate entró en acción. Fue a parar algo lejos de donde estábamos, por lo que tuvo que correr mucho a la vez que esquivaba con mucha agilidad el resto de los frascos que caían. Al final, se tiró al suelo y lo pilló por los pelos. Sin embargo, entonces otros dos frascos cayeron donde estaba él. No tuvo tiempo de incorporarse, así que rodó por el suelo para evitarlos. Por un momento, me preocupé. Aunque, al final, tuvimos suerte y resultó que los dos eran de los que solo dejaban charcos, así que no le alcanzaron. Después de eso, pudo incorporarse y volver a mi lado con la misma habilidad.

—Ya lo tengo, ahora dime qué tienes planeado.

Le expliqué rápidamente mi plan basado en el capítulo 165 de *Demonios vs. Ángeles*. Al principio, se mostró escéptico, pero le convencí de que no perdíamos nada por intentarlo.

—De acuerdo. Pero ¿estás segura de que podrás con esa quemadura en la mano?

—No tienes de qué preocuparte —le contesté, acercándome a él y volviendo a mi forma normal para agarrar el frasco con mi mano izquierda—. Yo soy zurda.

Tomé mi forma fantasmal y conmigo el frasco y su contenido también se volvieron intangibles. Ahí empezó mi plan.

Como en su plan, Nate pudo distraer al demonio lanzándole un par de kunáis para llamar su atención y lograr que lo siguiera, con la diferencia de que, en lugar de escapar, lo que hice fue meterme bajo tierra para evitar los frascos. No podía ver por dónde iba, pero habíamos acordado adónde lo atraería y cuándo lo tendría ahí. Sabía que era muy posible que no pudiera hacerlo a tiempo o que directamente no lo lograra. Aun así, le tenía fe a Nate, por lo que no me preocupé e hice bien en no hacerlo porque lo consiguió. Al salir de debajo de la tierra, me topé con el demonio de frente.

—¡Chúpate esta, engendro de Satanás! —le grité, tomando mi forma normal y lanzándole el frasco.

Si el *anime* no miente, los demonios lidian mal con el frío, así que el hielo no solo lo atraparía, también lo debilitará y podríamos acabar con él. Al igual que con el kunái, en vez de esquivarlo, intentó agarrarlo, tal y como había previsto.

En ese mismo instante, el último kunái de Nate atravesó el frasco, todo el líquido le cayó encima y soltó un grito tremendo. Aunque no tuvo el efecto que esperaba, se desplomó en el suelo y su aspecto de demonio cambió al de una chica bastante mona.

Nate se acercó a ver qué había pasado y también se sorprendió.

—Definitivamente, nos equivocamos de frasco. ¿Qué se supone que le ha hecho? —me preguntó.

—No lo sé, pero conozco a un par de tipos que pagarían una fortuna por ese líquido.

Un sombrero como los de las brujas apareció sobre su cabeza. Me di cuenta de que lo que nos había estado lanzando eran pociones, eso explicaría sus extraños efectos. El chico que me enseñó la ciudad me dijo que también había llegado una bruja de otra dimensión, aunque no mencionó nada de su transformación en demonio. Me iba a acercar a ella para comprobar cómo estaba, pero Nate me detuvo.

—¿Qué estás haciendo, Tenebris?

—¿No es evidente? Voy a mirar cómo está.

—No seas tan imprudente, esto podría ser una especie de trampa.

—Eres un paranoico, Nate. A mí me parece inofensiva.

—¿Tengo que recordarte que hasta hace unos segundos era un demonio que intentaba matarnos? —me dijo exasperado.

Intentábamos decidir qué hacer, cuando la chica se despertó.

—¿Ya es de día? —preguntó soñolienta.

A pesar de estar medio dormida, terminó de despertarse inmediatamente en cuanto nos vio.

—¿Quiénes sois vosotros? ¿Qué ha pasa...? —Miró a su alrededor y lo dedujo ella misma—. Oh, no, lo he vuelto a hacer.

Se veía afligida por lo que había pasado y no creí que estuviera fingiendo, por lo que me decanté por ser amable y aparté a Nate del medio.

—¿Estás bien?

—¿Estáis vosotros bien? Por favor, decidme que no os he hecho daño.

—Bueno, me has quemado la mano, pero aparte de eso...

Antes de que terminara la frase, me cogió del brazo y me echó una poción encima. Me pilló tan por sorpresa que aparté la mano bruscamente. Al comprobarla, vi que la quemadura no solo se había curado, sino que la piel de esa zona estaba incluso mejor que antes.

—Si tenéis más heridas, os las curaré. De verdad que lo siento muchísimo.

—En mi caso, eso era todo. No te preocupes.

Dirigió su mirada a Nate.

—Yo estoy bien, mejor encárgate de ese corte en la mejilla.

—No-no es nada, ya me lo curaré más tarde.

—¿Segura? —le pregunté—, porque estás sangran...

—¡¡¡No lo digas!!! —me cortó gritando.

A ambos nos sobresaltó el grito.

—Perdón —se disculpó—. Si no lo dices en voz alta, puedo seguir fingiendo que es agua. Ahora mismo no me queda magia y prefiero guardar las pocas pociones que me quedan para heridas más graves. Lo siento.

—No te disculpes tanto. Solo explícanos qué pasa con el demonio y, por favor, sé breve —dijo Nate viendo que no llegábamos a ninguna parte.

—Cla-claro. Veréis, hace tiempo me poseyó un demonio que de vez en cuando toma el control de mi cuerpo. Antes lo mantenía bajo control con una poción, pero últimamente no está funcionando como debería. No quería hacerles daño a más personas, así que me vine aquí porque pensé que no había nadie. Obviamente, me equivoqué.

Puede que nos hubiera atacado, pero no estaba enfadada con ella. No parecía ser mala persona y, claramente, se sentía culpable. En realidad, me daba pena. Aquello que había dicho de aislarse no me parecía una buena idea, quería decírselo. Sin embargo, acababa de conocerla y mi abuela siempre me dice que no hay que opinar sobre lo que no se sabe, por lo que opté por cerrar el pico.

—No quisiera causaros más molestias, por lo que me iré a otro lugar. —Buscó algo en su bolsa sin éxito—. Vaya, parece que os he lanzado mi última poción de invisibilidad. No estoy en condiciones de pediros nada, pero hacedme un favor y olvidad la dirección por la que me voy.

Se dio la vuelta y empezó a caminar hacia los campos de niebla. Mientras la veía alejarse, me dio todavía más pena. Sabía que la soledad era algo muy doloroso, me pareció tan triste que no pude aguantarme más y le grité lo que pensaba.

—Alejarte de los demás no es una solución, ¡solo una forma de huir de tus problemas! No puedes dejar que ese demonio controle tu vida, ¡tienes que hacer algo al respecto!

La bruja se paró en seco. Sentí un escalofrío subiendo por mi espalda. Definitivamente, había hablado de más. Esperaba no haberla cagado demasiado.

—¿Y qué hago? —murmuró.

—¿Eh? —contesté sorprendida.

—¡¿Y qué hago entonces?! —gritó dándose la vuelta con la cara toda llena de lágrimas—. He leído todo lo que he podido sobre demonios, pero la mayoría son solo teorías sin fundamento alguno. Lo poco de verdad que hay entre ellos fue lo que hizo que descubrieran que la poción que tomo servía como antídoto y ahora, por alguna razón, ya ni siquiera sirve y, si no puedo controlarlo, ¿qué hago, entonces? Dañar a todo aquel que esté dispuesto a quedarse a mi lado. No quiero estar sola, pero ¿qué otra opción tengo?

Tendría que haberme callado. No sabía qué decir, nunca se me había dado bien consolar a las personas. Hubiera preferido que se enfadara, con eso sí podía lidiar. En medio de mi confusión y su llanto, Nate dijo algo:

—Habla con el ángel.

Ambas dirigimos nuestras miradas a él.

—Yo no sé mucho de demonios. Lo que sí sé es que los ángeles son sus enemigos naturales —se explicó.

—¡Es verdad! —exclamé emocionada al darme cuenta—. Gabriel podría ayudar y puede que Yu también. ¡Él es un exorcista!

Ambos se alojaban en El Puerco con nosotros. Había hablado con ellos un par de veces, los dos parecían haberse hecho amigos o algo parecido. Gabriel, un hombre con el pelo castaño recogido en una coleta, muy narcisista; pero Yu, un chico rubio de ojos azules, era majo.

—¿Qué es eso? —preguntó la bruja, que había detenido su llanto.

—Es un especialista en deshacerse de espíritus malignos y demonios —le expliqué.

—¿De verdad? —nos preguntó con los ojos brillantes—. ¿Creéis que ellos podrían arreglarme?

En ese momento, vi una oportunidad de actuar como un superhéroe y la tomé.

—Puede que solo con la información de tu mundo no pudieras solucionar el problema, pero con el poder de la colaboración no hay nada imposible.

Eso sonó mucho más cursi de lo que pretendía. Me arrepentí instantáneamente de haberlo dicho; sin embargo, a ella pareció gustarle.

—¿Dónde puedo encontrarlos?

—Hablé con Yu ayer y mencionó algo de una excursión a esa montaña helada, Copo Nieve. Deberían de haber ido ahí juntos.

Justo cuando terminaba de hablar, la bruja se lanzó sobre mí y me abrazó.

—¡Gracias! ¡Muchas gracias!

Se veía muy emocionada, hasta abrazó a Nate.

Sacó de la bolsa una escoba y se montó sobre ella.

—Tengo que darme prisa. Si esto funciona, nos veremos pronto. ¡Adiós!

Y así salió volando a toda velocidad desapareciendo en el cielo.

—Diría que esto es una victoria para el equipo oscuro. ¡Choca esos cinco!

—¿Quién es el equipo oscuro? —respondió dejándome colgada.

—Pues nosotros. Como los dos llevamos ropa negra y tenemos el pelo oscuro, equipo oscuro.

—Mejor piensa otro nombre.

Menudo cortarrollos.

—Aunque estoy algo preocupada, ¿crees que podrán ayudarla?

Se veía tan feliz. Si resulta que no podrían hacer nada, iba a estar devastada.

—¿No habías dicho que con el poder de la colaboración no hay nada imposible?

—Olvídame —le contesté molesta y avergonzada.

—Con el tiempo, veremos cómo acaba todo esto. Nosotros ya no podemos hacer más, Fátima.

Los dos abrimos los ojos como platos cuando dijo eso último.

—¿Cómo me has llamado? —le pregunté con una sonrisa.

—Yo no te he llamado nada —respondió desviando la mirada.

—Claro que sí, me has llamado por mi nombre.

—Claro que no.

—Venga, hombre, que no te dé vergüenza.

—Olvídame.

Yu

—Señor, ¿me recuerda por qué subíamos esta montaña?

—Ya te lo he dicho. Los demonios no soportan el frío y hay espíritus que bajan la temperatura de las habitaciones en las que se encuentran, así que si quieres enfrentarte a ellos primero tienes que ser capaz de soportarlo.

—Eso lo entiendo, pero ¿no crees que esto es algo extremo?

Cada vez que daba un paso, se me hundían los pies en la nieve hasta las rodillas y apenas podía ver algo.

—No, para nada. Además, no sé de qué te quejas. Te dije que te pusieras manga corta y, en su lugar, has venido tan abrigado que apenas puedo verte la cara.

Llevaba un abrigo térmico, camiseta térmica, pantalones térmicos, un gorro de lana y gafas de esquí. Todo esto potenciado por mis talismanes para que dieran más calor y, aun así, tenía frío.

—Señor, yo solo soy humano. Si no viniera con todo esto, me daría una hipotermia.

—Bueno, supongo que tienes razón. A veces me olvido de lo excepcional que soy.

Mi señor era muy narcisista, pero tenía razones para serlo y yo mismo las había observado.

Cuando llegué a esta dimensión, sufrí los efectos de una enfermedad llamada locura de las sombras. Veía todo borroso y de color gris. Por mucho que intentara enfocar la vista, lo máximo que podía conseguir era distinguir figuras y eso si estaba muy muy cerca de ellas. Además, todos los sonidos que escuchaba se transformaban dentro de mi cabeza en un ruido insoportable. Con la combinación de estas dos cosas, me estaba volviendo loco. Mi mente estaba en un estado de confusión en el que ni siquiera podía concentrarme lo suficiente como para hablar. En medio de mi agonía, noté que algo tocaba mi frente y, de repente, volví a la normalidad. Había sido Gabriel, que con sus poderes de ángel no solo me curó, sino que también hizo que recordara el tiempo que había pasado así, sin la visión borrosa y sin el sonido de por medio, para que supiera qué es lo que había estado pasando a mi alrededor —le di muy mal rollo a mucha gente—. Después de esto, quedé muy impresionado y le supliqué que me convirtiera en su discípulo.

La mayoría de las cosas que me había enseñado eran sobre una religión extraña de la que jamás había oído. Es normal que haya distintas creencias en distintas dimensiones, aunque él asegura que esta es la única verdadera y que se aplica en todas. Lo que dice suena un poco disparatado, pero, entre tanto y tanto, aprendía información útil sobre cómo lidiar con espíritus y demonios. Aún no había podido probarla, pero no dudaba de su efectividad. Además, gracias a mi señor, descubrí un nuevo tipo de talismán, lo cual realmente me salvaba la vida. Gracias a él, puede que me aceptaran en otro templo y entonces podría dejar de repartir comida a domicilio.

—Ya hemos andado lo suficiente, ahora meditaremos hasta el anochecer.

—Sí, señor.

Como dijo mi señor, los dos nos sentamos con las piernas cruzadas y los ojos cerrados para meditar. Después de un rato, empezó a ser bastante duro. Yo estaba medio enterrado en la nieve y muy aburrido, por lo que decidí echar una ojeada a mi alrededor.

Mi señor, a pesar de llevar solo una toga, se encontraba perfectamente y, aunque hacía mucho viento, su pelo no se movía ni un milímetro. Realmente, era impresionante.

No había mucho más que observar allí. Todo lo que había a mi alrededor eran unos pinos, algún conejo y nieve y nieve y más nieve y me pareció ver algo extraño en el cielo.

Al principio, pensé que era mi imaginación, así que cerré los ojos esperando que cuando volviera a abrirlos hubiera desaparecido, pero no solo seguía estando ahí, sino que parecía estar agrandándose. Me quité la nieve de encima y me acerqué a mi señor para avisarle.

—Señor, mire eso.

—Yu, hay que estar en silencio para meditar —me respondió sin abrir los ojos.

—Lo sé, lo sé, pero mire eso —le insistí señalándolo.

Justo entonces me di cuenta de que no se hacía más grande, sino que se acercaba y que, encima, venía a toda velocidad hacia nosotros. Antes de que pudiera hacer nada, se estrelló en la nieve a escasos centímetros de mí. Del susto que me di, me caí de culo. Mi señor seguía sin inmutarse, se limitó a abrir los ojos para ver qué pasaba.

—Aún tengo que mejorar los aterrizajes.

Lo que había caído del cielo era una chica con un sombrero extraño y una escoba. Parecía que ella tampoco era de esta dimensión, aunque jamás la había visto por las habitaciones de El Puerco. Al igual que mi señor, a pesar de que solo llevaba un jersey, no parecía tener frío. Se quitó la nieve de encima a la vez que guardaba la escoba en una bolsa —¿cómo cabía ahí dentro?— y se puso de pie encima de la nieve sin hundirse, también igual que mi señor. Se acercó a mí y me ayudó a levantarme.

—Lo siento muchísimo —se disculpó—. Es difícil controlar la escoba con tanto viento.

—No pasa nada, lo entiendo. Además, no es como si me hubiera hecho daño.

Después de eso, hubo un silencio incómodo, ninguno de los dos decía nada y mi señor no ayudaba. Después de ver que estaba bien, volvió a meditar como si no estuviéramos ahí, así que decidí ser yo el que tomara la iniciativa. Había muchas cosas que quería preguntarle, por lo que escogí una y rompí el silencio.

—Nosotros hemos venido aquí a meditar. ¿A qué has venido tú?

—Yo-yo he venido a por vosotros —dijo con determinación.

—¿Perdona? —contesté sorprendido.

—Sois el ángel y el exorcista, ¿no? Tengo un problema con un demonio y vosotros sois los únicos que pueden ayudarme. Por favor, ¡haré lo que sea! —suplicó de rodillas en la nieve.

—No-no hace falta que te arrodilles —dije nervioso.

Nunca nadie me había pedido nada suplicando y mucho menos con esa cara de desesperación. No sabía cómo reaccionar.

—Déjala, Yu. No tiene nada de malo que conozca su posición —me cortó mi señor mientras se levantaba. Al parecer, ahora sí que le interesaba la conversación—. Pero ¿no te parece de mala educación pedirle un favor a alguien sin presentarte primero?

—Po-por supuesto. Lo siento mucho. Mi nombre es Susan.

—Eso está mejor. Yo soy Gabriel y este es Yu, mi discípulo. Aunque parece que hay algo que no has entendido bien, él aún no es exorcista y yo fui bendecido por un ángel, pero no soy uno.

—¿Qué? No-no puede ser.

Sus ojos se volvieron vacíos, se la veía completamente devastada.

—No te preocupes. Gracias a las habilidades que me otorgó esa bendición, estoy seguro de que podré ayudarte con mi poder.

Su mirada se volvió a iluminar al escuchar eso. Mi señor debería haber empezado por ahí, pero le gusta ser dramático. Es lo que hay.

—Venga, explícame cuál es el problema.

Susan nos contó que cuando era pequeña había liberado por accidente a un demonio que poseyó su cuerpo. Desde entonces, a veces pierde el conocimiento y el demonio toma el control de su cuerpo causando problemas a su alrededor.

—Hasta ahora lo he estado controlando con una poción que me enseñó mi maestro, pero últimamente no ha estado funcionando correctamente y ya no sé qué hacer. Por eso, necesito vuestra ayuda —terminó de contarnos.

Tener que lidiar con un demonio durante tanto tiempo debe de ser muy complicado. No había nada que yo pudiera hacer, los demonios son demasiado poderosos para mí. Por suerte, mi señor estaba aquí y seguro que no supondría un problema para él.

—Ya veo. Has hecho bien en acudir a mí, lo solucionaré enseguida.

Lo sabía.

—¿De verdad? ¡Muchísimas gracias!

—Yu, ayúdame con esto. Haz un círculo con esos talismanes de luz que descubriste.

—Sí, señor.

Saqué unos cuantos talismanes y los lancé formando el círculo. Al tocar el suelo, formaron unas bolitas de luz.

—¡Impresionante!

—Si crees que eso es impresionante, espera a que te libre del demonio. Colócate en el centro del círculo.

—¿Cómo vas a sacar al demonio? —preguntó al colocarse.

—Fácil, voy a provocarle mucho dolor.

—Oh, ¿me va a doler a mí también? —respondió algo nerviosa.

—No, no te dolerá nada. Ahora deja de hablar y quédate quieta.

—¡Espera! —Rebuscó en su bolsa y sacó una poción—. Por si acaso.

Me la lanzó y por poco se me cae al suelo, pero logré atraparla. Supuse que era la poción que nos había mencionado antes y me la guardé en el bolsillo esperando no tener que utilizarla.

Mi señor juntó sus manos y cerró los ojos. Las luces alrededor de Susan se colocaron debajo de sus pies y formó una gran columna de luz. En ese instante, sus ojos se pusieron blancos y empezó a gritar en agonía.

—Cre-creía que había dicho que no le iba a doler —le dije a mi señor sorprendido y preocupado por el grito.

—Si es su cuerpo, claro que también va a sentir el dolor. No hay nada que yo pueda hacer al respecto.

—Entonces, ¿por qué le ha dicho que no?

—Para que no se pusiera nerviosa. Créeme, cuando la libre del demonio, estará demasiado feliz como para enfadarse.

—Si usted lo dice...

Mientras gritaba, noté que la apariencia de Susan empezaba a cambiar: su piel se volvió verde, le salieron unos cuernos granate y su sombrero desapareció.

—Señor, ¿esto debería estar pasando? —le pregunté nervioso al ver los efectos de la posesión del demonio.

En el momento en que dije esto, el demonio dejó de gritar, apretó los dientes y giró su cabeza hacia mi dirección. Entonces se salió del círculo saltando hacia mí, me asusté y solo fui capaz de cerrar los ojos.

Esperaba sentir cómo me arrancaba la piel, pero lo único que sentí fue cómo me levantaban del suelo.

—Ya puedes abrir los ojos, Yu. Aquí arriba no alcanza.

Hice como me dijo mi señor y vi que estábamos elevados en el aire. Mi señor había desplegado sus alas y me había cogido por los brazos para sacarnos del alcance del demonio.

—Tienes suerte de que sea tan rápido; si no, ahora mismo estarías en su estómago.

—Parece que el dolor no ha funcionado —señalé viendo al demonio corretear sobre la nieve.

—Ya lo estoy viendo. Parece que está determinado a mantenerse en su cuerpo.

—¿Le lanzamos la poción?

—No, aún no. Aprovechemos esto. Sé lo que hacer, ve preparando tu cadena.

Esperamos a que el demonio se acercara a uno de los pinos y saqué la cadena de mi otro bolsillo. Estaba hecha con un metal especial que podía entrar en contacto con espíritus; sin embargo, servía igual de bien con los vivos. Además, el mismo poder que la hacía capaz de poder tocar a los muertos también la volvía prácticamente indestructible.

Mi señor nos acercó un poco al demonio para que pudiera apuntar mejor. Me concentré y la lancé con todas mis fuerzas, la cadena enganchó al demonio y se enredó con el tronco del pino. A continuación, mi señor me tiró a mí detrás del árbol, la nieve amortiguó la caída. Inmediatamente, pegué un talismán, que se convirtió en un candado a la cadena.

Así dejamos al demonio inmovilizado —aunque luego mi señor tuvo que ayudarme a sacar las piernas de la nieve de lo enterradas que se quedaron—, nos colocamos delante de él a una distancia razonable para que no nos alcanzara porque a pesar de estar atado no dejaba de patalear y gruñir ferozmente.

—¿Y ahora qué? —le pregunté a mi señor sin saber cómo iba a sacarle al demonio ahora.

Mi señor no me contestó inmediatamente. Se quedó mirándolo un rato antes de darme una respuesta.

—Ahora le curo.

—¡¿Cómo?! —exclamé sorprendido.

—Fíjate en sus ojos —me señaló mi señor—, ¿no te suenan de algo?

Hice como me dijo y les presté atención a sus ojos; los dos eran completamente negros, sin ningún tipo de blanco. Jamás había visto unos ojos así, aunque sí que me recordaban a algo.

—¿No es así como yo tenía los ojos cuando tuve la locura de las sombras?

Tardé un poco en darme cuenta de lo que eso implicaba.

—Exacto. Parece que no fuiste el único que lo contrajo al llegar —observó mi señor.

—Pero entonces, ¿por qué está tan agresivo? Cuando yo la tuve, me quedé hecho una bola en el suelo.

—Ante el conflicto, respondemos huyendo o luchando. Claramente, él lucha y tú huyes.

Sentí que mi orgullo se hería un poquito.

—Si lo curo, estará tan agradecido que hará lo que le diga —afirmó con confianza.

—Comprendo lo que dice, señor, pero ¿está seguro de que será así? Después de todo, es un demonio.

—No te preocupes, Yu. Aunque no lo parezca, los demonios son seres bastante razonables. Confía en mí.

Mi señor volvió a sacar sus alas y con una de ellas tocó la frente del demonio haciendo que apareciera un pequeño destello de luz. El demonio se calmó al instante y cerró los ojos. Cuando volvió a abrirlos, parecían haber vuelto a su estado original. Tenían blanco, pupilas y un iris de color rojo.

—Argh, mi cabeza —era la primera cosa con sentido que le oía decir.

—Bueno, demonio, ahora que te he curado, dinos tu nom...

—¡¡¡Shhh!!! —le cortó de golpe el demonio.

Los dos nos quedamos muy sorprendidos.

—Oye, acabo de salir de unos meses de completa agonía y tortura y, encima, ahora tengo todos estos recuerdos nuevos en mi cabeza. Esto es como la peor resaca de la historia, así que dadme un minuto para organizarlos y después empezáis con las preguntitas, ¿vale?

A pesar de que no esperaba que fuera amable, su brusquedad me siguió pillando por sorpresa. Pude notar cómo a mi señor le molestaba que le hablara así. Sin embargo, lo que decía tenía sentido, así que los dos permanecimos en silencio. Yo solo estuve con la locura de las sombras un par de horas. Aguantarla durante meses debía de haber sido muy duro. El demonio respiró hondo durante unos minutos antes de volver a hablarnos.

—Está bien. ¿Qué estabas diciendo?

Mi señor recuperó la calma y retomó la conversación:

—Te estaba pidiendo que nos dieras tu nombre.

—Síí, eso era. Mi nombre es Ámina y, por cierto, soy una demonia, no un demonio.

—Ah, siento que nos hayamos equivocado.

—No te disculpes. Me trae sin cuidado, solo os informaba —contestó con la misma cara de mala leche que tenía desde el principio.

—Bueno, Ámina, tienes que salir del cuerpo de Susan —le ordenó mi señor.

—¿Por qué iba a hacer yo eso?

A mi señor le molestó que le contestara con tanta impertinencia, pero, aun así, mantuvo la calma.

—Pues porque ella no quiere que sigas en su cuerpo.

—Y los niños no quieren comerse sus verduras y sus padres igual les obligan.

—Eso es algo completamente diferente —respondió mi señor empezando a perder la paciencia.

—No me lo parece. De todas formas, da igual, no pienso hacerlo.

—¡Eh! —alzó la voz harto de la actitud de Ámina—. Te he librado de la locura de las sombras, me lo debes.

—Que te quede claro, no voy a dejar este cuerpo. Aunque sí que me has hecho un favor, así que podría devolvértelo de otra forma. El rubito este quiere ser exorcista, ¿no? —Me miró y sentí un escalofrío—. ¿Qué te parece si te doy una información muy valiosa sobre los demonios y a cambio me dejáis en paz?

Antes de que siquiera abriera la boca, mi señor se puso delante de mí.

—¡Él no necesita nada de ti!

—Entiendo, pero se la daré de todas formas. —Ámina se quedó callada durante un momento y soltó un pequeño bufido—. No sirve de nada que ates a un demonio si te olvidas de la cola.

Escuchamos un clic y la cadena cayó al suelo. Al instante, mi señor me cogió y nos elevó en el aire. Miré abajo y vi que el candado había vuelto a convertirse en un talismán. Me di cuenta de que toda la conversación había sido una forma de distraernos para que no notáramos que lo estaba forzando.

—Señor, el talismán...

—Me he dado cuenta, Yu, pero no importa que se haya liberado. No puede alcanzarnos aquí arriba y ella lo sabe.

Tenía razón. Simplemente, se nos había quedado mirando cabreada. Los demonios no podían volar; por lo tanto, estábamos a salvo. Aunque no tenía ni idea de qué íbamos a hacer. Si antes me parecía complicado darle con la poción, con su cordura recuperada era imposible. Ámina se agachó y recogió un puñado de nieve, hizo una bola y nos la lanzó a toda velocidad. Mi señor la esquivó con facilidad y ambos vimos cómo desaparecía en el cielo.

—Si realmente pensaba que eso iba a funcionar, es que está desespera... —mi señor dejó de hablar y en su expresión se veía reflejado el pánico.

Me di cuenta de que mi señor tenía mi cadena enredada en el pie. La demonia la había cogido cuando no mirábamos. Dio un tirón y los dos acabamos en el suelo. Caímos a mucha velocidad y estábamos más alto que antes, así que a pesar de la nieve me hice mucho daño. Para empeorar las cosas, Ámina se sentó sobre mí mientras ataba a mi señor. Al terminar, le puso el talismán candado que yo había usado con ella, entonces sacó la poción de mi bolsillo y la derramó en la nieve. Una vez vacía, lanzó el frasco a su espalda y miró fijamente a mi señor a los ojos.

—Así aprenderéis a no cabrearme y esto es por lo de la luz sagrada —dijo antes de pegarle un puñetazo en la cara rompiéndole la nariz—. Tengo que irme antes de que se acabe el efecto de la poción contra el frío. Adiós.

Se levantó y salió corriendo, desapareciendo de nuestra vista.

—Yu, abre el... candado —me pidió con la voz entrecortada.

Puse todas mis energías en levantarme y sacar el talismán llave para liberarle. A continuación, le ayudé a quitarse la cadena. Cuando terminé, se incorporó y puso su mano en mi pecho. Unas lucecitas aparecieron y mi dolor desapareció, después hizo lo mismo con su nariz.

—Ten cuidado, Yu. He hecho desaparecer el dolor, pero aún estamos heridos.

—Lo siento, señor. Si mi talismán hubiera sido más fuerte, no habría sido capaz de forzarlo.

—No pasa nada, todos cometemos errores. Ahora solo tenemos que solucionarlo.

—¿Cómo? Ya no podemos usar la poción.

—Estoy en desacuerdo, solo necesitamos...

Sin terminar la frase, empezó a andar por la nieve. Yo me quedé mirando sin saber qué decir. Eventualmente, se agachó y recogió algo del suelo.

—¡Ajá! —exclamó alzando el frasco de cristal donde antes estaba la poción.

—¿Para qué quiere eso, señor? —le pregunté una vez que volvió a estar a mi lado.

—Para guardar la poción, ¿para qué, si no, Yu? —me contestó mientras la iba llenando de la nieve que se había vuelto azul debido a la poción.

—Pero, señor, ¿cree que nos servirá de algo en ese estado?

—La nieve solo es agua. Si la derretimos, estoy seguro de que la poción volverá a funcionar.

—Es usted un genio, señor —lo halagué impresionado con su idea.

—Guárdatelo en el abrigo y pégale todos los talismanes posibles. Haz todo lo que puedas para que se derrita lo antes posible. Esa demonia me ha faltado al respeto delante de mi discípulo, ¡lo pagará caro! Prepárate, Yu, porque voy a ir a toda velocidad.

Nada más terminar la frase, me cogió por los brazos y alzó el vuelo en la misma dirección por la que Ámina se había ido.

Mientras volábamos, me abrazaba fuertemente a la poción dentro de mi abrigo para que se derritiera más rápido. A la velocidad a la que iba mi maestro, no tardaríamos mucho en alcanzarla y cuando eso pasara iba tener que estar listo para la batalla. He luchado contra espíritus malignos antes, pero esto estaba a un nivel completamente diferente. Debía tener cuidado para no hacerle mucho daño a Susan. Además, aunque lográramos devolverla a la normalidad, no estaba seguro de cómo íbamos a sacar a la demonia de su cuerpo. Sin embargo, aunque estaba preocupado, no dudaba de que a mi señor se le ocurriría algo. Solo tenía que confiar en él.

Ramstro

Cuando mi padre me castigó sin salir durante dos meses, estaba decidido a escaparme lo antes posible, pero dos semanas después seguía encerrado. Delante de mi cuarto, siempre había dos guardias para garantizar que no pudiera fugarme y empezaba a perder la esperanza. No había mucho que hacer, así que me pasaba los días haciendo flexiones para compensar el no poder utilizar las máquinas de entretenimiento del coliseo. Ya pensaba que me iba a pasar así lo que quedaba de encierro, cuando recibí una visita inesperada.

Al ver que la puerta se abría, pensé que me traían la comida. Por eso, me sorprendí tanto al ver a Rosaly entrar en mi cuarto.

Rosaly era una de los Nueve. Era bastante alta, tenía orejas y alas de murciélago, un pelo largo y blanco y llevaba puesto un mono completamente negro.

—¿Cómo has entrado? —fueron las primeras palabras que salieron de mi boca.

—Estaba paseando por el pasillo y me dio curiosidad ver qué había dentro, así que abrí la puerta —contestó rápidamente.

Al oír eso, inmediatamente la aparté de en medio, me asomé al pasillo y comprobé que los guardias se habían ido. Mi primer impulso fue salir corriendo, pero entonces recordé que los guardias entran en mi cuarto para dejarme comida. Si no me veían dentro, avisarían a mi padre y me metería en un lío aún más grande, así que volví a entrar en la habitación.

—¿A qué viene la cara larga, cielo?

Me senté en mi cama y le expliqué que ya llevaba dos semanas encerrado en mi cuarto. No le di muchos detalles sobre cómo había acabado así; los problemas con mi padre no son algo que vaya pregonando por ahí. Ella escuchó con atención todo lo que decía y, cuando terminé, me preguntó:

—¿Y ahora qué te impide irte?

—Es que no tengo forma de hacerlo sin que se den cuenta.

—¿Y qué te parecería que yo te sustituyera?

—¿Qué quieres decir? —contesté sin entender.

—Puedo quedarme en tu lugar en la habitación. Me meteré en el baño y haré ruido cada vez que entren a dejar comida y no tendrán razones para sospechar que tú ya no estás aquí.

—¿De verdad harías eso por mí? —le pregunté emocionado.

—Claro. No es como si tuviera algo mejor que hacer, pero me deberás un favor.

—¡Muchas gracias!

Después de agradecerle, volví a salir corriendo, pero Rosaly me detuvo.

—Un momento, cielo. ¿Qué vas a hacer si te encuentras con los guardias por el camino?

—Aaa...

—Me lo imaginaba; pero no te preocupes, tengo una idea. ¿Dónde se guardan los uniformes?

Le di indicaciones sobre cómo llegar y se fue prometiendo ser rápida y así lo fue. Al cabo de unos minutos, estaba de vuelta con una armadura.

—Creo que es de tu talla, póntela inmediatamente.

Hice como me dijo y me puse la armadura. Me quedaba algo apretada, pero no era nada que no pudiera soportar.

—Ahora presta atención: el mejor escondite es a simple vista, por lo que si actúas de forma normal no te prestarán atención. No andes muy deprisa y si alguien te saluda le contestas con una voz disimulada, pero nada más, ¿entendido?

Asentí.

—Muy bien, pues hora de fugarse.

Salí de mi cuarto y seguí las instrucciones de Rosaly para pasar desapercibido. Me sorprendió lo bien que funcionaron. Llegué hasta la entrada del castillo sin que nadie me prestara atención. Por si las moscas, seguí actuando así hasta que salí de la ciudad.

—¡Sí! ¡Libertad! —grité quitándome la armadura a toda prisa al llegar a los campos de niebla.

Empecé a correr en dirección a la casa de Susan a toda pastilla. Estando encerrado en mi cuarto, escuché a los guardias decir que le había contado a la reina lo del demonio que la perseguía y llevaba todo este tiempo queriendo preguntarle cómo le había ido.

Estaba tan distraído que no me di cuenta de que alguien se acercaba a mí.

En medio de mi carrera, me agarraron por la espalda el cuello de la camisa y, de repente, me encontré sentado en el suelo.

—Por tu bien, te recomiendo que no intentes nada estúpido —dijo una voz seria a la vez que empezaba a notar algo afilado contra mi cuello.

Giré un poco la cabeza para ver quién era mi atacante.

—¿Puedes hablar? —dije asombrado cuando reconocí al demonio.

—Todo gracias al ángel de pega y al rubito, pero se han convertido en un problema y tú vas a ayudarme a quitármelos de encima.

Mientras hablaba, invoqué un cuchillo pequeño para que no lo viera. Si me deshacía de él, los problemas de Susan desaparecerían y me convertiría en un héroe en la ciudad. Esta era una oportunidad perfecta para hacerlo. Mi intención era clavárselo en la pierna para distraerlo y así quitármelo de encima. Iba a hacerlo, cuando...

—Yo que tú soltaría ese cuchillo, ¡cof, cof! No querrás hacerme daño, ¿verdad? —dijo lo último con una voz que me era familiar.

—¡¿Susan?! —exclamé horrorizado.

—Casi. Este es el cuerpo de Susan, pero la que tiene el control soy yo.

Me di cuenta de muchas cosas al mismo tiempo. Por eso, había rechazado la oferta de quedarse en El Puerco, por eso había construido su casa tan lejos de la ciudad y por eso cuando la encontré esa noche estaba llena de moratones y no de arañazos, porque quien se los había hecho era yo. El corte de la mano debió de hacérselo al quitarme la lanza.

Entendí el verdadero significado de «me sigue a todas partes».

—Así que a menos que quieras matarla, deberías bajar ese cuchillo.

Lo solté sin pensarlo un segundo. Puede que Susan no hubiera sido del todo sincera conmigo, pero seguía sin querer hacerle daño. En cuanto tocó el suelo, le pegó una patada alejándolo de mi lado.

—¡Muéstrate, demonia! ¡No tienes escapatoria! —escuché la voz de Gabriel gritando.

—Ya era hora —suspiró exasperada.

¡¿Demonia?! ¿Los demonios pueden ser chicas?

De entre la niebla, surgieron Gabriel, que tenía la nariz rota, y Yu, que estaba sudando como un pollo. Los dos abrieron mucho los ojos al ver la situación en la que me encontraba.

—Amina, por favor, no le hagas daño a Ramstro —le pidió Yu—. Él no te ha hecho nada.

—No te preocupes. No tengo intención de hacerle nada, siempre y cuando hagáis lo que os diga.

Podía ver lo mucho que frustraba a Gabriel tener que negociar con la demonia, pero Yu estaba demasiado preocupado como para que le importara.

—Haremos lo que quieras, pero déjale ir.

—Pues destruid la poción.

Por un momento, dudó, pero no tardó en tomar una decisión.

—Está bien.

Yu se apresuró a bajarse la cremallera del abrigo y sacar de él un frasco circular con un líquido azul en su interior. Inmediatamente, Gabriel se lo quitó de las manos.

—Primero libera a Ramstro —le ordenó seriamente.

—No, no. La que tiene el control en esta negociación soy yo, vosotros primero.

—¿Cómo sé que lo soltarás?

—No tengo razones para no hacerlo. No me interesa hacerle daño, lo que sí me interesa es que esa poción sea destruida para que Susan no pueda volver a quitarme el control.

—¿Y qué me impide lanzártela ahora mismo?

—Nada. De hecho, ¿por qué no lo intentas? Eso sí, solo si crees que me dará antes de que le raje la garganta.

Noté cómo apretaba más su garra contra mi cuello.

Hasta ahora no había dicho nada porque no sabía qué decir en una situación así, pero, si lo había entendido bien, sin esa poción Susan se quedaría así para siempre.

—¡N...!

La demonia me tapó la boca con la mano para que no dijera nada.

—¿Y bien? ¿Qué va a ser?

Gabriel apretó con fuerza sus dientes y estrelló la poción contra el suelo. Grité aún con la boca tapada al ver cómo se rompía.

—Ya está, justo como tú querías —dijo Gabriel muy enfadado.

—Bien, y ahora, si no os importa, tengo asuntos pendientes con un cretino de pelo azul.

Me puse de pie y me pegó una patada en la espalda lanzándome sobre ellos. Justo antes por reflejo me había agarrado a la bolsa que llevaba y acabé arrancándosela, pero se me resbaló cuando caí sobre Gabriel y Yu. La demonia salió corriendo y yo me levanté lo más rápido que pude y la seguí por donde creí que se había ido.

No sabía si podría hacer algo por Susan y, por si eso fuera poco, ahora había otro problema. Solo conocía a una persona con el pelo azul y no parecía que la demonia le fuera a hacer nada bueno.

¿Qué demonios podría tener contra Ber?

Ber

Desde muy pequeño, mi sueño siempre había sido ir a una escuela pública.

Mis padres eran los presidentes de una de las empresas de turismo espacial más importantes del planeta. Yo los quería mucho y, precisamente por eso, me ponía triste que siempre estuvieran ocupados y que no pudiera verlos mucho, pero comprendía el porqué. De todas formas, tenía muchos criados que jugaban conmigo, así que no me sentía solo. Sin embargo, quería tener amigos de mi edad. No salía mucho y estudiaba en casa, por eso quería cambiarme a la pública para conocer a otros niños. En mi séptimo cumpleaños, por fin logré convencer a mis padres de que me apuntaran a una. Técnicamente, era privada, pero igual me valía. Con lo que no había contado es que iba algo adelantado con mis clases y acabé en primero de la ESO.

Era difícil ser el más joven de la clase, los chicos me ignoraban y las chicas me trataban como un bebé. Me pasé el primer mes solo en una esquina y pensaba que me quedaría así el resto del año hasta que él me habló.

—Otro sobresaliente en Matemáticas, con razón te saltaste tantos cursos.

Se llamaba Jake, su pupitre estaba en la primera fila. Era uno de los chicos populares y siempre estaba rodeado de personas; que me dirigiera la palabra era algo muy gordo.

—No-no es para tanto, hasta un mono puede calcular el valor de X —intenté sonar humilde.

—Pues yo he cateado.

—Ah, yo... —entré en pánico.

—No pasa nada, ya tengo asumido que voy a suspender este trimestre. Si tuviera un profesor tan listo como tú, a lo mejor podría aprobar, pero ¿dónde podría encontrar uno así?

—¡Yo podría darte clases! —grité emocionado sin darme cuenta de lo que estaba pasando.

—¿Seguro? ¿No será una molestia?

—Claro que no. Estoy encantado de ayudar.

—Genial. Gracias, coleguita. Me da que este es el inicio de una hermosa amistad.

A partir de ese momento mi vida estudiantil cambió completamente. Al principio, solo le ayudaba a él con los deberes, pero cuando sus notas empezaron a mejorar se apuntaron algunos de sus amigos y así empecé a hablar con mis otros compañeros de clase. Un tiempo después, ya no solo quedábamos para estudiar; íbamos juntos al cine en 5D, al parque de atracciones y a muchos otros lugares. Sin embargo, cuando llegamos al segundo trimestre, de repente dejamos de quedar. Le pregunté a Jake cuándo sería la siguiente quedada y me dijo que ya no iba a haber más.

—¿Por qué no?

—Nos hemos quedado sin presupuesto para salir y nuestros padres no nos darán más dinero.

—No necesitamos dinero para divertirnos. Podríamos ir a pasear por el parque o algo así —sugerí desesperado.

—Eso no tiene ninguna gracia. Lo siento, pero todos necesitamos ahorrar durante un tiempo antes de volver a salir. No todos tenemos padres ricos.

—¿Y si yo pagara por vosotros?

—¿Um?

Por fin tenía amigos con los que hacer planes y no estaba dispuesto a renunciar a ello.

—No es un problema para mí y así podríamos seguir haciendo cosas juntos.

—¿De verdad estarías dispuesto a hacer eso? —me preguntó incrédulo.

—Por supuesto, sois mis amigos.

—¡Ja, ja, ja! Eres increíble, coleguita. Voy a decírselo a los demás.

Pensaba que el hecho de que mis amigos se sintieran cómodos pidiéndome dinero era una señal de la confianza que había entre nosotros. No se cortaban un pelo. Cada vez íbamos a sitios más caros y yo no me daba cuenta de lo que estaba pasando hasta que un día escuché cierta conversación.

Estábamos casi al final de curso. Yo tenía que hacer pis, así que fui al baño. Me daba vergüenza hacerlo en los urinarios, por lo que me metí en una de las cabinas. Mientras estaba ahí dentro, escuché a dos personas entrar.

—Has ido a clase con el niño prodigio ese todo el año, ¿no? ¿Cómo es?

Estaban hablando sobre mí, no había duda. Iba a salir para avisarles, cuando reconocí una de las voces.

—Es insoportable.

Era Jake...

—Venga ya, no puede ser para tanto.

—Lo es. No tienes idea de lo que me revienta escucharle hablar de los deberes como si fuesen algo divertido. Eres un prodigio, ¡lo pillamos! No tienes que presumir todo el tiempo.

—Pues sí que suena cansino.

—Créeme, si no fuera porque no puedo repetir curso otra vez, ni me le acercaría.

—Bueno, no te vi en la recuperación de Mates, así que, al menos, será un buen profesor.

—¡Qué va! Lo que pasa es que cuando se distrae descargo sus trabajos en mi electrovisor. Solo tengo que cambiar algunas cosas para que no se note que he copiado y, ¡pum!, sobresaliente garantizado.

—¿Y no se da cuenta?

—Ni se le pasa por la cabeza, no es tan listo como se cree.

—Pues qué potra, a ver si me toca en su clase el año que viene.

—No te creas que son todo ventajas. Una vez me escuchó quedar con unos chicos y tuve que invitarle, desde entonces se apunta a todas las quedadas.

—Pues no le hables de ellas.

—Lo he intentado. Mis amigos ya estaban hartos de sus charlas de ciencias y me dijeron que, o me libraba de él, o se libraban de mí. Así que eso hice, pero el muy pesado me seguía preguntando que cuándo íbamos a volver a quedar, que qué íbamos a hacer, blablabláh, estaba tan harto que me inventé una estúpida excusa para que dejara de molestarme.

—¿Y funcionó?

—No como yo esperaba. Resumiendo, ahora nos lo paga todo. Dice que lo hace porque somos amigos. Sonó tan increíblemente estúpido que no pude evitar reírme.

—Qué malo eres —le contestó entre risas—. Me da pena ese chico.

—Pues se debería ir acostumbrando porque le va a pasar el resto de su vida. No veo cómo a alguien le podría gustar algo de ese mocoso sabelotodo, aparte de su cartera.

Ambos se reían, cuando sonó el timbre.

—Ay, tengo que ir a clase de Matemáticas. Si vuelvo a llegar tarde, Matías me pondrá un parte.

—Uf, pues yo tengo con Dolores. Será mejor que corra.

Una puñalada me hubiera dolido menos.

Los dos se fueron, pero yo seguí dentro de la cabina. No salí hasta que se acabaron las clases, no quería que nadie me viera llorando. Pensaba que les caía bien, pensaba que éramos amigos. En cuanto se acabaron las clases, salí corriendo tan rápido como mis piernas me permitieron. Nada más llegar a casa, me encerré en mi cuarto y me lancé sobre mi cama.

Quería hablar con mis padres, necesitaba hablar con mis padres. Marqué el número de papá miles de veces hasta que conseguí que me contestara.

—¿A qué vienen tantas llamadas, Junior? Sabes que estoy ocupado.

—Lo sé, papá. Lo siento, pero necesitaba hablar contigo.

—¿No puede esperar?

—Papá... —dije con súplica en mi voz.

Él suspiró.

—Tienes ochos minutos exactos.

Procedí a explicarle los sucesos del último año y la conversación que había escuchado en el baño.

No tenía ni idea de cómo iba a reaccionar. Esperaba que me consolara o que se enfadara.

—¿Y?

Eso no.

—¿Y? —exclamé incrédulo.

—¿Cuál es el problema?

—Que-que solo eran amables conmigo para poder aprovecharse de mí.

—Junior, creo que es hora de que tengamos la charla.

—¿Qué charla?

—Verás, las personas solo se acercan a otras por interés propio. Cosas como los actos desinteresados y el amor incondicional no existen. La gente no te ve por quién eres, sino por lo que pueden sacar de ti.

—¿Qué-qué? E-eso no puede ser —me negué a creer.

—Mira, te daré un ejemplo, ¿recuerdas la historia de cómo nos conocimos tu madre y yo?

—Sí. Erais socios de negocios y acabasteis enamorados —contesté confuso.

—Esa es la versión oficial. En realidad, nos casamos para ahorrar en impuestos.

—¡¿Cómo?!

—Así es. Más adelante, decidimos que a nuestra imagen pública le convenía que formáramos una familia y por eso naciste.

—¿Me... tuvisteis... por el *marketing*?

En unos segundos, mi visión de la vida había sido destruida por completo.

Mi padre continuó dándome más ejemplos de aparentes buenas acciones con motivos ocultos mientras yo asimilaba el primero y, cuando pasaron los ocho minutos exactos, colgó, pero antes me dijo:

—Presta atención, Junior. Tú eres un chico listo y, como mi hijo que eres, espero que a partir de ahora pienses detenidamente con quién te conviene relacionarte. Nos veremos en la próxima rueda de prensa.

Me colgó así sin más. Llamé a mi madre después con la esperanza de que desmintiera lo que acababa de escuchar, pero me dijo básicamente lo mismo con otras palabras.

No dormí nada esa noche.

Mis padres son de lo peor, pero tenían razón. Le di muchas vueltas al asunto y me di cuenta de que era un maldito cajero automático.

Todas las personas a las que conocía me tratarían de una forma completamente diferente si no fuera hijo de mis padres.

El servicio, mis profesores, mis «amigos», Jake.

Si lo que mis padres habían dicho era cierto, si de verdad era así como funcionaba el mundo, podía dejar pasar que no hubieran sido sinceros.

Podía dejárselo pasar a todos, a todos menos a Jake. Si él hubiera sido más cuidadoso, no me habría enterado de nada de esto.

Por su culpa, todos mis recuerdos del último año se habían estropeado.

No podía dejar que mi inversión se desperdiciara. Iba a sacar un buen recuerdo de todo esto y, de paso, le demostraría quién era el que se creía más inteligente de lo que es.

Esperé con paciencia a que llegara el último día de clase. Hasta entonces evité quedar poniendo como excusa unas clases particulares.

El día en cuestión les pregunté si querían ir a comer a un restaurante para celebrar el inicio de las vacaciones de verano.

Fuimos a un sitio muy caro y ninguno de ellos se cortó un pelo a la hora de ordenar, tal y como esperaba.

Cuando terminé mi comida, les dije que iba al baño, pero, en realidad, fui a hablar con nuestro camarero para pagarle mi parte de la cuenta. Normalmente, debería esperar a que trajera el recibo, pero le di una propina lo suficientemente generosa como para que no le importara.

Me fui y puse mi electrovisor en modo avión para que no pudieran contactarme.

Días más tarde, me enteré de cómo había acabado el asunto.

A la media hora de que me fuera, comprendieron que no iba a volver y entraron en pánico porque, como era de esperar, ninguno llevaba encima suficiente dinero como para pagar lo que debían. Intentaron llamarme sin descanso. Sin embargo, al final no les quedó más remedio que avisar a sus padres.

Todos terminaron castigados por hacerles gastar tanto dinero. Intentaron echarme la culpa, pero yo había pagado mi parte y jamás dije que les invitaría, así que estaba limpio.

Haría el siguiente curso en un instituto distinto, así que no tendría que preocuparme de volver a verlos.

Estaba muy satisfecho de que mi venganza hubiera salido justo como lo había planeado, aunque esa sensación no duró mucho.

Aún me dolía todo lo que había pasado. Detestaba que lo que había dicho ese idiota me afectara.

Decidí mantenerme alejado de las personas para que nadie pudiera volver a hacerme daño.

Desde ese día no he hecho nada por nadie, a menos que saliera beneficiado. Ser amable era una estupidez y una pérdida de tiempo.

¡Y precisamente por eso no entendía qué hacía buscando a la bruja! Cuando vi que ella era el demonio que me había atacado, me enfadé muchísimo y quería gritarle un montón de cosas, pero entonces me contó todo eso y me quedé callado. ¡¿Qué se supone que tendría que decir en una situación así?!

Al final, no hizo falta que dijera nada porque ella misma se fue y eso debería haberlo solucionado todo, pero, por alguna razón, ya llevaba tres días buscándola en vez de trabajar en mi máquina. No sabía por qué me preocupaba tanto, ya tenía la poción dimensional. Todo lo demás podía hacerlo solo, no la necesitaba. ¿Qué se supone que iba a hacer una vez que la encontrara? En el mejor de los casos, estará en su forma humana; en el peor...

¿Por qué hago esto?

Esa es la pregunta que me hacía mientras la buscaba. Estaba claro que no merecía la pena. Ella me había engañado y eso era lo que más detestaba en el mundo, pero, aun así, no podía dejar de buscar.

Sabía que su casa estaba en alguna parte de los campos de niebla. Basándome en eso, la buscaba por esa zona. Aprovechando que la conexión de internet podía atravesar los portales, descargué una nueva aplicación que me ayudara. Es difícil ver a través de la niebla, por eso instalé un detector de huellas de calor. Aunque por el momento no me estaba sirviendo para nada, solo me había topado con habitaciones de la ciudad y algún que otro cuervo.

Al pensar eso, aparecieron unas nuevas manchas rojas en el visor. El toque de queda ya se había pasado, por lo que sabía que tenía que ser ella. Las manchas se fueron acercando hacia mí lentamente, cerré el visor para verla directamente con mis propios ojos. Un escalofrío recorrió mi espalda.

Estaba en forma de demonio, pero había algo raro en él. Se veía mucho más calmado que las otras veces y sus ojos ya no eran negros.

—Hola, azulito.

Mis ojos se abrieron como platos.

—Veo que te sorprende escucharme hablar. Últimamente, no he estado dentro de mis cabales, pero gracias a ciertas personitas ya he vuelto a la normalidad.

No sabía cuáles eran sus intenciones al hablar conmigo. Sin embargo, en este estado me pareció posible negociar con ella, así que seguí escuchando.

—Soy Amina, la demonia que posee a Susan, aunque eso ya lo sabías. Verás, estoy aquí porque tengo que pedirte algo.

—¿Qué quieres?

—Que dejes de buscarla.

De repente, la calma del principio fue sustituida por un aura de agresividad. No pude evitar dar un paso atrás.

—Desde el momento en que recuperé mi cordura, supe que la estarías buscando y eso es un problema. Tienes que parar.

—¿Y si no lo hiciera? —me atreví a preguntar.

—En ese improbable caso, serías más estúpido de lo que pensaba y me vería obligada a convencerte de una forma más... —abrió la boca mostrando todos sus afilados colmillos— violenta.

Estaba completamente a su merced. Era completamente capaz de matarme ahora mismo y, aun así, solo podía decir una cosa.

—No.

Me miró decepcionada.

—Tú mismo.

Me quedé paralizado al ver a la demonia empezar a correr. Cuando se abalanzó sobre mí, estaba seguro de que iba a morir, pero entonces alguien se interpuso entre los dos.

—¡¿Ramstro?! —exclamé sorprendido.

Había bloqueado a Ámina con su lanza en el aire y con esta misma la empujó lejos de nosotros. Ella dio una voltereta y aterrizó de pie en el suelo frenando el retroceso con sus garras.

—Hola, Ber. Cuánto tiempo sin verte —me saludó con una sonrisa.

No hay palabras que expresen la mezcla de confusión y de alivio que sentí cuando le vi.

—¡¿Qué haces tú aquí?! ¡Te dejé libre! ¿No tienes a alguien más con quien jugar? —le gritó Ámina de mala manera.

—Yo de aquí no me muevo. Si vas a luchar con alguien, que sea contra mí —le respondió volviendo a ponerse serio.

—Como quieras, me encargaré de los dos.

Después de decir esto, dio un paso atrás desapareciendo en la niebla.

Ramstro se quitó el sudor de la cara.

—Menudo subidón de adrenalina. Es mucho más fuerte de lo que recordaba.

—Debes tener cuidado, la demonia...

—Es Susan, ya lo... ¡Agáchate!

Me puso la mano sobre la cabeza obligándome a agacharme momentos antes de que Ámina me pasara por encima. Gracias a eso, solo me arrancó un par de pelos.

—... sé —terminó la frase.

—Llevas días desaparecido. ¿Cómo es que ahora estás aquí? —le pregunté mientras me incorporaba.

—Es algo difícil de explicar ahora mismo. ¡Cuidado!

Ramstro tiró de mí hacia él volviendo a apartarme de la trayectoria de Amina. Esta vez sus garras llegaron a rozarme la espalda, pero solo me hicieron arañazos tan poco profundos como cortes de papel.

—Resumiendo, la he seguido.

—¿Y tienes algún plan?

—¿Aparte de mantenernos con vida? No, realmente. Tenía la esperanza de que algo se me ocurriría por el camino, pero no ha sido el caso.

—Genial —dije con sarcasmo al ver lo perdidos que estábamos.

En ese instante, Ramstro me empujó al suelo. Me pegué un buen golpe, pero esquivé el zarpazo de Amina. Sin embargo, al apartarme a mí, a él le hizo un profundo corte en el brazo izquierdo. Noté cómo hacía un gran esfuerzo para no gritar.

—¿Por qué me quitaría la armadura? —se dijo a sí mismo.

—Mierda. ¿Estás bien?

Era una pregunta estúpida, pero era lo único que se me ocurría decir.

—No es nada, aunque —en su mano aparecieron unas vendas— necesito que pares la hemorragia.

Me tendió su brazo y empecé a vendarlo lo más rápido que podía mientras él se ponía en posición defensiva. Sin embargo, cuando apenas iba por la mitad, Ámina apareció por detrás.

Ramstro se dio la vuelta velozmente y le apuntó con la lanza, ella saltó y se apoyó sobre ella. Para hacer más fuerza, él también agarró la lanza con el brazo herido y lanzó a las dos hacia atrás perdiéndose en la niebla. Todo esto pasó en unos segundos. Otra lanza volvió a aparecer en su mano e inmediatamente terminé de ponerle el vendaje.

—No sé si voy a poder seguir así mucho tiempo. ¿Te ves capaz de luchar en mi lugar?

No le contesté nada. Simplemente, me quedé mirándolo.

—No, si ya me lo imaginaba. Ojalá Gabriel no hubiera destruido esa poción.

—¿Poción? ¿Qué poción?

—Una que se supone que...

Ramstro giró su lanza como una hélice y repelió lo que parecían ser los restos de la otra lanza.

—... que la devolvería a la normalidad. Sin ella no sé cuánto más va a seguir así.

Justo entonces recordé el frasco que recogí la última vez que la vi. Con todo lo que estaba pasando, se me había olvidado por completo. Era un error fatal viniendo de mí, pero no era el momento de torturarme por eso.

Hice una pequeña configuración en mi electrovisor, me quité la semiesfera del oído izquierdo y por señas le indiqué a Ramstro que se lo pusiera. Estaba puesta en la aplicación de mensajes, no quería que Ámina escuchara la conversación.

—(Para comunicarnos, solo tienes que pensar lo que quieras decir y luego piensa en enviar.)

—(Entendido.)

Lo pilló a la primera, eso facilitaba las cosas.

—(Tengo algo de esa poción.)

—¡¿Qué?! ¡¿Cómo?!

—(¡Cállate! ¿De qué sirve el electrovisor si no lo usas?)

—(Perdón, pero ¡eso es algo genial!)

—(No te emociones tanto. Solo son unas gotas, ni siquiera sé si será suficiente.)

Ramstro volvió a tirar de mí para que esquivara otro ataque de Amina, pero esta vez me agarró por la pierna con su cola y me arrastró al suelo. Ramstro me tenía sujeto con fuerza y al final fue ella quien me soltó. Me dejó una marca en la pierna y me costaba mantenerme de pie. Aun así, estaba mucho mejor que él.

—(Gracias.)

—(¿Sabes? Creo que sé cómo podría funcionar. He hablado mucho con Susan sobre magia, las pociones tienen más efecto si las echas directamente en la sangre. Si le abro una herida lo bastante profunda, puede que unas gotas sean suficientes y mientras no sea una herida mortal no debería haber problema.)

—(Puede que eso funcione, pero no solo tendrías que lograr herirla, sino que también tendrías que inmovilizarla. ¿Te ves capaz con ese brazo?)

—(Es eso o dejar que nos mate, así que me arriesgaré. Además, yo nunca escapo de una pelea.)

Casi como si le hubiera escuchado, Ámina salió de la niebla y fue directa a por él. Sabía que no podía hacer nada, así que me aparté para no interferir en el enfrentamiento.

Ramstro usó la lanza para cubrirse. Ámina la agarró e intentó hacerle retroceder empujándolo y, a pesar del estado de su brazo, no se movió ni un milímetro. Entonces ella cogió su tobillo con su cola provocando que se cayera de espaldas y quitándole la lanza. La alzó para clavársela, pero él se impulsó con sus brazos para levantarse y, a la vez, le dio una patada en el plexo solar, haciendo que se doblara y soltara la lanza. Él la pilló en el aire e intentó golpearla con ella en el costado, pero esta la paró agarrándola con sus garras. Le dio un tirón para acercar su cabeza a su nivel y le pegó un puñetazo en el lateral destrozando el electrovisor y dejándolo mareado. Le arrebató la lanza y la tiró a un lado, le lanzó un directo. Sin embargo, esta vez lo esquivó y, con lo que me pareció una llave de *judo,* Ámina estaba ahora en el suelo. Sin embargo, le clavó sus garras en los tobillos a Ramstro y este cayó de rodillas. Ámina se incorporó, le ató los brazos con su cola y le cogió por el cuello de su camiseta.

—Debiste de haberte quedado con el rubito y el ángel de pega.

Alzó su puño otra vez y Ramstro cerró los ojos con fuerza preparándose para el impacto, pero entonces la golpeé con la lanza en la nuca y cayó inconsciente.

—¡Guau! Tío, ¡eso ha sido increíble!

—Ya...

No recordaba haber cogido la lanza, toda la pelea me había mantenido alejado sintiéndome impotente. Cuando las cosas empezaron a ponerse feas, había pensado que tenía que hacer algo y ahora Ámina estaba KO. Todo lo de en medio estaba en blanco. No me quejaba, solo me asombraba lo que podía provocar el estrés.

Ramstro se libró de la atadura de la cola aprovechando que se había aflojado y la tumbó en el suelo. Las heridas en sus tobillos no eran serias, así que aún podía ponerse de pie.

—Ah... ¿Sabes dónde no sería mortal? —me preguntó cuando le devolví su lanza.

—Mientras no atravieses ningún órgano, debería estar bien, así que allí.

Una vez que vuelva a la normalidad, la bruja podría curárselo ella misma y, de paso, también nuestras heridas.

Y después ya lo veríamos.

Saqué lo que quedaba de la poción del cinturón de herramientas. Era muy posible que el dolor la hiciera recuperar la conciencia, por lo que teníamos que hacerlo deprisa.

—Está bien, allá vamos.

Ramstro la apuñaló donde le indiqué y, como esperaba, se despertó. Se levantó de golpe y con un salto se alejó de nosotros, pero daba igual porque ya le había echado la poción. Nos miraba con odio mientras hacía presión en la herida.

—¿Qué me habéis hecho, malditos bas...?

Antes de terminar la frase, pareció quedarse dormida de pie. Cuando volvió a abrir los ojos, el sombrero de la bruja apareció en su cabeza.

—¡¿Qué ha pasado?! ¡¿Ha funcionado?!

—Susan...

No cabía duda de que la que estaba hablando era ella, pero algo iba mal. A pesar de que tenía el control, seguía estando en forma de demonio.

—¿Ber? ¿Ramstro? ¿Qué hacéis vosotros aquí? —dijo tanto sorprendida como preocupada—. ¿Qué os ha pasa...? —Antes de terminar la pregunta, se dio cuenta de su estado y ella misma ató cabos—. No, no, no. Esto no está pasando. ¡NOOOOOOOOOOOO!

—Susan, tranquilízate, no pasa nada —intentó calmarla Ramstro mientras se le acercaba.

—¡¡¡No te acerques!!! —le gritó Susan causando que se detuviera—. Lo siento, pero no lo entiendes. Puede volver a tomar el control sobre mí en cualquier momento. Necesito tomarme la poción o no hay nada que yo pueda hacer.

—Eso no va a ser posible —dije contemplando el frasco completamente vacío.

—Entonces, tenéis que iros. Si seguís aquí cuando... ¡Arg! —Sintió un dolor de cabeza tan fuerte que dejó de hacer presión en la herida para sujetarse la cabeza con ambas manos—. No, no os va a dar tiempo.

Estaba visiblemente muy estresada y eso que no era ella quien estaba en peligro. Yo estaba bastante preocupado por nuestro bienestar físico. Estaba seguro de que no sobreviviríamos a un segundo asalto contra Amina, quien posiblemente tendría muchas más ganas de matarnos.

—Solo queda una opción —dijo con un hilo de voz—, tenéis que matarme.

Cuando pronunció esas palabras, durante un instante fue como si el tiempo se congelase.

Su petición me dejó profundamente impactado y no fui el único.

—¡¿Qué?! —exclamó Ramstro horrorizado con lo que pedía.

—Es la única manera de terminar con esto de una vez por todas —viendo que Ramstro era quien cargaba con un arma se dirigió a él—, por favor.

—¡No!

—Por favor, Ram, i-imagina que soy uno de esos monstruos del coliseo.

—¡No puedo!

—Claro que sí. ¿Recuerdas hace unas semanas cuando me prometiste que alguien acabaría con el demonio? So-solo te pido que seas tú.

—…

—Lo haría yo misma si pudiera; sin embargo, no creo que ella me deje. Detesto tener que pedirte esto, ¡de verdad que sí! Pero soy yo o vosotros y no puedo vivir con eso sobre mi conciencia. Por favor, Ram, por favor.

Enormes lagrimones caían por su cara mientras suplicaba.

Vi cómo la lanza empezaba a temblar en las manos de Ramstro.

Tenía razón, era ella o nosotros. El dilema del tranvía. En general, dos vidas valen más que una y ella estaba de acuerdo. La decisión inteligente era hacer lo que decía.

Y él lo sabía, por eso temblaba.

Lentamente, apuntó la lanza hacia ella.

Yo cerré los ojos, no podía ver esto.

Pero no pasó nada, Ramstro se había quedado paralizado.

—No pasa nada, Ram. De verdad que no, la culpa es mía, ¿vale? No tendría que haberte mentido, no tendría que haberlo ocultado. He sido una egoísta y he acabado hiriendo a muchas personas. Soy una persona horrible, me lo merezco.

Se suponía que esto era lo mejor, ¿por qué se sentía tan mal? No tendría que importarme, no tendría que preocuparme lo que le pasara. A ella no le preocupábamos realmente, no le preocupaba. Solo se sentía culpable, ella misma lo había dicho: «Cuando me dijiste que había sido el demonio, me sentí tan culpable».

¿Cuándo lo dije?

Ahí me di cuenta, no sabía que había sido ella hasta que se lo dije. Debió de pensar que la máquina había fallado o algo y, aun así, había llorado, por mí.

Entonces Ramstro empezó a acercarle la lanza al cuello.

—¡No!

—¿Eh?

Me daba igual que fuera la decisión inteligente. No podía permitirlo, no quería. Di un paso adelante y aparté la lanza de Susan.

—No eres una mala persona y, definitivamente, no te mereces esto. Quien ha atacado a esas personas es esa demonia, ¡no tú!

—Pero...

—Pero nada, y sí, estuvo mal ocultarlo, pero puedo comprender por qué lo hiciste y me alegro de que no me lo contaras porque entonces me habría mantenido alejado de ti y no habría disfrutado ni la mitad de lo que lo he hecho aquí. Pasar tiempo contigo es algo que me gusta y eso es ¡porque eres una buena persona!

—Ber...

—Tiene razón —dijo Ramstro tirando su lanza a un lado—. No voy a hacerlo, Susan. Encontraremos otra solución, los tres saldremos juntos de esto.

—Chicos, después de todo lo que os he hecho, ¿por qué?

¿Por qué? La pregunta que llevaba haciéndome durante tres días. Durante todo este tiempo, no había sido capaz de contestarla. Sin embargo, en ese momento me pareció de lo más evidente.

—Porque somos amigos.

De repente, el sombrero desapareció y Ámina me pegó una patada en el estómago tirándome al suelo. Las lágrimas de su rostro fueron reemplazadas por una mirada cargada de odio.

—¡Ber!

Ramstro intentó socorrerme, pero Ámina le cogió por el cuello con su cola y le levantó en el aire. Quise levantarme, pero me puso un pie encima para impedírmelo.

No bromeaba cuando dijo que podía volver a tomar el control en cualquier momento. Había dejado que mis emociones nublaran mi juicio. No me arrepentía de nada de lo que había dicho, solo que tendría que haber sido más rápido. Podríamos haberla inmovilizado de alguna manera para evitar esta situación, aunque no servía de nada pensar en ello, pues ya era tarde. Al parecer, no iba a poder volver a ver a Einstein.

—¿Amigos? Por favor, Susan no podría importaros menos. Como a todos los demás, solo os interesa lo que podéis sacar. En tu caso, necesitas su magia para tu máquina.

—Yo... —Ámina pisó con más fuerza rompiéndome un par de costillas y causando que tosiera sangre—. ¡Aaargh!

—Silencio. Puede que ella se trague vuestras palabras, pero yo no soy tan inocente.

El terrible dolor que sentía no me permitía escuchar lo que decía. Un olor metálico me inundó la nariz a la vez que intentaba calcular cuánto tiempo tenía Ramstro antes de asfixiarse.

—Os he advertido a ambos. ¿Pensabais que no iba en serio? Pues ahora vais a ver lo en serio que voy.

Cerré los ojos al ver cómo sus garras se acercaban velozmente a mi cara. Esperaba sentir un gran dolor, pero no llegó a tocarme. Lentamente, volví a abrirlos para ver qué pasaba y me encontré con que mientras que una mano intentaba alcanzarme la otra tiraba de ella. Me fijé en que el sombrero no dejaba de aparecer y desaparecer, era como si no supiera quién tenía el control.

—Ber, pon la grabación —me pidió la voz de Susan.

—¿Eh?

—Vuélvete a dormir y déjame trabajar, bruja —contestó la de Amina.

—Ni hablar. Ber, date prisa —insistió.

No entendía por qué me lo pedía, pero confié en ella y reproduje la grabación a máximo volumen. La voz de Susan pronunciando unas palabras indescifrables resonó a través de mi electrovisor.

Ámina pareció quedarse impactada. Me quitó el pie de encima y soltó a Ramstro, quien cayó de rodillas al suelo hiperventilando y sujetándose el cuello.

—¿Cómo? —se preguntó en voz alta.

—¿No te acuerdas? —volvió a hablar Susan—. Esta poción necesita un hechizo para activarse, pero, como la magia ya estaba puesta de antes, bastaba con recitar las palabras mágicas. Ber me grabó diciéndolas y eso era todo lo que yo podía aportar a la máquina.

—¡Eso no prueba nada! —gritó sosteniendo su cabeza.

Una batalla por el control había empezado y nosotros solo podíamos mirar. Tampoco es como si tuviéramos fuerzas para hacer algo más.

—Claro que sí. Ber no tiene por qué estar aquí, Ram no tiene por qué estar aquí, pero están porque son mis amigos y no te permito que pongas en duda su palabra.

—¡¡¿Y qué?!!! Da igual que sean tus amigos, tarde o temprano acabarán haciéndote daño. No importa que no sea su intención, pasará porque así son las personas. La única manera de evitarlo es mantenerse alejado de todo el mundo, ¿no lo comprendes? Hago esto por ti, ¡¡¡te estoy protegiendo!!!

—¿Y eso justifica herir a otros?

—Si te mantengo a salvo, ¡¡¡sí!!!

—No te entiendo. Es la primera vez que hablo contigo y no sé por qué de repente resulta que quieres protegerme, pero ¡sé que esta no es la manera!

—¡¡¡No tienes ni idea!!!

—¡¡¡La que no tiene ni idea eres tú!! ¿Te parece que se puede ser feliz estando completamente solo? Nadie con quien hablar, con quien reír o llorar; estar constantemente a solas con tus pensamientos, no poder compartir nada con nadie. Los días se vuelven eternos y sientes un gran vacío en tu interior. La gente puede acabar haciéndote daño, sí, pero el riesgo merece la pena porque también pueden darte felicidad. Por eso, no son ellos quienes me hacen daño ahora.

—No...

—La persona que me está haciendo sufrir...

—¡¡¡No lo digas!!!

—¡¡¡Eres tú!!!

—¡AAAAAAAAAAAAAAAAAAAAAAAAAAAAAA AAAAAAAAAAAAAAAAAAAAAAAAAAAAAAAA AAAAAAAAAAAAAAAAAAAAAAAAAA!

Sus ojos se pusieron en blanco a la vez que soltaba el grito más atronador que había escuchado en mi vida. Un humo negro empezó a salir de su boca. Según el humo iba saliendo, Susan regresaba a la normalidad. Cuando ya había salido todo, su sombrero volvió a aparecer y ella se desplomó en el suelo.

Los tres vimos cómo el humo se juntaba delante de nosotros y tomaba la forma de Amina. Ninguno supo cómo reaccionar. Ella estuvo callada un buen rato hasta que empezó a hablar:

—Hace tiempo yo tenía una amiga —dijo dándonos la espalda—. Ella confió en la persona equivocada, le dio todo su amor y tiempo y al final resultó que solo la estaba utilizando. Ella no pudo soportarlo y se quitó la vida. —Por un momento, creí escucharla gimotear—. Las dos os veis exactamente igual. La primera vez que te vi llegué a pensar que eras ella. Me prometí que no dejaría que acabaras igual, que esta vez la protegería, pero he sido demasiado extremista. Todo ese tiempo encerrada en aquel sello me ha afectado mucho más de lo que pensaba. —Giró la cabeza levemente y miró a Susan por el rabillo del ojo—. Lo siento, por todo. —Inmediatamente, volvió a darnos la espalda—. No volveré a causarte problemas. Adiós.

Ámina volvió a convertirse en una nube de humo y desapareció entre las sombras.

Ni idea de a qué había venido todo eso, pero, al menos, parecía que no tendríamos que volver a lidiar con ella.

—Muchas gracias, chicos. Sin vosotros yo... Gracias —nos agradeció Susan.

—No hay de qué, pero podrías curarnos ya, por favor —le rogué.

Los tres nos encontrábamos tirados en el suelo en unas condiciones bastante deplorables.

—¡Por supuesto! —contestó como si acabara de acordarse. Volvió a sujetarse la herida del costado y giró la cabeza a ambos lados—. ¿Alguno sabe dónde está mi bolsa?

—Hmm.

Los dos interpretamos el hmm de Ramstro como un «aquí no».

—Pues sin mis pociones tendremos que esperar a que recupere suficiente magia como para curarnos. Me llevará unos cinco minutos, ¿podéis aguantar?

—Si solo son cinco minutos...

Cinco minutos parece poco tiempo. Sin embargo, con el dolor que sentía cada segundo se hacía eterno. Deseé tener un bote de analgésicos para poder tragármelos todos de una.

Giré la cabeza para comprobar cómo lo llevaban ellos y, por alguna razón, al mirarlos no pude evitar echarme a reír. No entendía por qué me reía, pero no podía parar. Mi risa se le contagió a Ramstro y, eventualmente, Susan también se nos unió.

No tenía ningún sentido. Estaba experimentando un dolor espantoso y, sin embargo, jamás había sido tan feliz.

«(Conque así se siente tener amigos de verdad)—pensé—. (Me gusta».)

Susan

Ya había pasado una semana desde la pelea contra Ámina y muchas cosas habían sucedido desde entonces. Curé todas nuestras heridas, incluidas las de Yu y Gabriel, con quienes nos encontramos después. Los dos estaban aliviados de que los tres estuviéramos vivos y de que yo hubiera vuelto a la normalidad. Les agradecí que intentaran ayudarme y ellos me contaron lo que había pasado luego de que me transformara.

Unos días más tarde, le expliqué a Ramstro la verdadera historia de cómo acabé poseída por Amina. Me sentía fatal por haberle mentido cuando me preguntó en mi casa. Él ha sido muy amable conmigo y, después de todo por lo que le había hecho pasar, merecía saberlo. Esta vez fui capaz de contar la historia sin llorar, tal vez porque ahora tiene un final feliz. Sin embargo, al terminar de contarla, él sí que se puso a llorar y me dio un enorme abrazo.

—Ahora ya lo entiendo. Después de eso, debió de darte muchísimo miedo contarlo a pesar de que te sentirías fatal mintiendo, pero ahora nos tienes a nosotros y te prometo que yo siempre voy a estar de tu lado, pase lo que pase.

Al final, sí que acabé llorando. Sin embargo, no porque estuviera triste, sino porque tanta felicidad me abrumó.

Habíamos acabado convirtiéndonos en muy buenos amigos y eso, por supuesto, también incluía a Ber. Desde entonces, me parecía que sonreía más. No se lo he mencionado por miedo a que le dé vergüenza y pare. Me gusta verlo así, tiene una bonita sonrisa.

Aún no consigue que su máquina funcione como quiere, pero le sirve para conectarse a un tal internet. Al día siguiente, iba a empezar unas clases en..., creo que se llamaba universidad en línea, usando su electrovisor, que ya arregló.

Al parecer, eso le iba a mantener muy ocupado, así que ahora estábamos comiendo juntos aprovechando que aún tenía tiempo de sobra.

Ber soltó un bostezo.

—¿Estás cansado, Ber? —le pregunté.

—Un poco, no pego ojo desde que Ramstro duerme en mi cuarto.

Ah, ¡sí! Como Ram aún no puede volver a entrar al castillo, está durmiendo con Ber.

—¿Y cómo es eso culpa mía? —contestó sorprendido.

—Porque mientras duermes le pegas patadas a mi cama.

—Venga ya, no puede ser para tanto.

—La primera vez pensé que había un terremoto.

—¡Eh! Te recuerdo que tú fuiste quien me insistió en que me quedara en tu cuarto.

—Porque ibas a quedarte en el de Rosaly.

—¿Y? Ella no lo está usando.

—¡¿Y?! No puedes quedarte en las habitaciones de la gente sin su permiso. Está mal, sobre todo si es el de una chica.

—¿Por qué es peor si es el de una chica?

—Eso no es lo importante. Mira, si te metieras, por ejemplo, en mi habitación sin permiso, yo me enfadaría.

—A-ah, ¿sí? —preguntó nervioso.

—Sí.

—Bueno, si te molesto tanto, podría quedarme en la casa de Susan.

—No, eso también sería inapropiado.

—¡¿Qué?! ¡¿Por qué?! —exclamó extrañado.

—Ugh —suspiró exasperado—. Susan, explícaselo tú.

—La verdad es que yo tampoco lo entiendo.

—¿Cómo?

—¿Podrías explicárnoslo? —le pedí.

—Aaaah, esto es que él es un... y tú eres una... —Se sonrojó ligeramente—. No importa. Simplemente, sigue durmiendo en mi cuarto. Total, mi ciclo de sueño siempre ha sido un desastre.

—Fantástico. Por cierto, hablando de eso —Ram se dirigió a mí—, ¿cómo te va a ti con tu compañera de cuarto?

—Sorprendentemente, bien.

—¿Estás segura? ¿No la estarás encubriendo? —insistió Ber.

—No, claro que no. La verdad es que ella misma se ha encerrado y no habla con nadie, así que la mayoría del tiempo ni siquiera noto que está ahí.

—Vamos, que es como una adolescente rebelde.

—O una niña con una rabieta —añadió Ram divertido.

—Diría que es una mezcla de las dos.

—¡Dejad de hablar de mí como si no estuviera presente! —gritó Ámina saliendo de mi bolsa.

No dormí la noche después de la pelea, estuve dándole vueltas a lo que dijo Ámina sobre protegerme. Normalmente, intentaría no pensar en ello, pero sentía que esta vez no podía ignorarlo. Si no fuera por ella, no habría sobrevivido a mis padres ni a esos meses viviendo a la intemperie. Sin embargo, también era cierto que lo que había hecho esa noche estaba muy mal y no tenía excusa, aunque a lo mejor aún estaba afectada por la locura de las sombras.

Tenía dudas que solo ella podía aclarar, así que salí a buscar a Amina.

Tardé un tiempo en encontrarla, pero solo fue porque se había ido muy lejos. Sabía dónde estaba. No sabría explicar cómo o por qué, simplemente lo sabía. Cuando llegué a donde estaba, ya volvía a ser de día.

—¿Qué quieres preguntarme? —dijo apáticamente.

Me sorprendió tanto la pregunta que me hizo como la actitud con la que me la hizo, pero, en vez de darle vueltas, decidí ir directa al grano.

—¿Aún estabas afectada por la locura de las sombras cuando atacaste a Ber y a Ram?

—No. Puede que cuando el ángel de pega ese me curó algunos de mis recuerdos se mezclaran y quedara en un estado emocional que me hizo tomar ciertas decisiones precipitadas, pero en todo momento fui consciente y responsable de mis acciones.

—¿Cómo de lejos tenías intención de llegar?

—Al principio, solo quería asustarlos y dejarles alguna cicatriz. Aunque al final acabé perdiendo el control, así que no lo sé.

—¿Te arrepientes?

Se tomó un poco más de tiempo para responder a esta.

—Me arrepiento. Mentiría si no te dijera que disfruté dando ciertos puñetazos, pero también le causé dolor a gente que no se lo merecía, incluyéndote a ti, por lo que sí, me arrepiento.

—¿De verdad me parezco tanto a tu amiga?

La pregunta le sorprendió, pero la contestó al igual que las otras.

—Solo en el físico. Por lo demás, sois completamente diferentes. ¿Algo más?

—Creo que no.

—Bien, en ese caso, me voy —anunció convirtiéndose en humo.

—¡Espera!

No tenía idea de por qué había gritado eso. No tenía más preguntas, pero sentía que faltaba algo.

Ámina volvió a tomar forma.

—Mira, te conozco desde más tiempo que nadie y por eso sé lo que estás pensando. No te sientas mal por mí, lo que he hecho es horrible. No se arregla con una simple disculpa, es mejor que desaparezca.

Pretendía aislarse, ese era un buen castigo por todo lo que había hecho. La soledad es algo horrible, eso lo sé bien.

—Tienes razón, una sola disculpa no basta, porque tienes que disculparte con muchas personas.

—¿Eh?

Y precisamente por eso no se la deseaba a nadie.

—Ber, Ram, Gabriel, Yu y un montón de habitantes del Reino del Abismo.

—Después de lo que hice, no van a perdonarme solo porque me disculpe.

—Eso lo decidirán ellos. Además, a partir de hoy serás mi ayudante.

—¿Qué?

—Como mi ayudante, tendrás que permanecer a mi lado en todo momento, así podré mantenerte vigilada y tendrás muchas oportunidades de compensar tus malas acciones.

—Eres increíble —suspiró, su expresión cambió de apática a calmada—. Pues venga, vamos a disculparnos.

Ámina se convirtió en humo y se metió dentro de mi bolsa y así las dos juntas nos fuimos disculpando con todo el mundo.

Con Ramstro fue sorprendentemente fácil. Es decir, su primera reacción fue invocar una lanza, pero después de que se tranquilizara y le explicara lo que estábamos haciendo todo fue como la seda. Ámina se disculpó sinceramente y Ram la perdonó.

Ber fue otra historia...

Ámina se disculpó, pero Ber estaba convencido de que era alguna clase de trampa o plan maligno, lo cual era una reacción normal. Me llevó mucho tiempo convencerle de que en ese estado era completamente inofensiva y de que no iba a volver a poseerme. Él no entendía por qué lo hacía, así que se lo expliqué. Me escuchó y decidió perdonarla también, aunque sigue sin fiarse de ella.

Los siguientes fueron Gabriel y Yu. Gabriel aún estaba muy cabreado con ella y le hizo humillarse un montón para poder perdonarla. Tuvo suerte de que Yu se sintiera culpable por lo del rayo de luz y le convenciera de que parara antes de que se le fuera de las manos. Ámina lo pasó muy mal, pero lo hizo de todas formas y por eso estoy muy orgullosa de ella.

Luego tocó disculparse con las personas que había atacado mientras estaba bajo la influencia de la locura de las sombras. Yo me había ganado un buen nombre en la ciudad y Ámina no era responsable de sus actos en esos momentos, así que nos perdonaron. Incluso la reina, sorprendentemente, decidió aceptar nuestras disculpas. «No hay razón para recordar un problema ya resuelto» fueron sus palabras exactas. Sin embargo, hubo una persona que fue un pelín más complicada.

—Te perdonaré si haces una cosa por mí —pidió Fátima con una sonrisa pícara.

—Tenebris —la regañó Nate.

—Da igual, me parece bien —contestó Ámina con una voz calmada—. Esperaba que alguien pidiera algo. ¿Qué quieres que haga?

—Me ha dicho un pajarito que uno de nosotros ha construido una máquina con la que se puede llamar a nuestros mundos —canturreó enseñando un rectángulo oscuro—. Convéncele para que me deje usarla una hora al día y estás perdonada.

—En otras palabras, quieres que le pida un favor a azulito. —Ámina me miró recuperando su expresión apática. Ber no le cae muy bien—. Le he pedido perdón, ¿no es suficiente?

—¡Amina! —la regañé.

Fui yo la que le tuvo que pedir a Ber que le dejara la máquina a Fátima. Negociaron las condiciones y términos de uso y entre los dos llegaron a un acuerdo.

—Siento causarte tantas molestias.

—No te preocupes, esto no es un problema. Su teléfono es una versión primitiva de mi electrovisor. Las ondas que utiliza son distintas y comprobar qué efecto tienen al atravesar el portal puede resultarme beneficioso.

—Entonces, ¿por qué te negaste al principio?

—Cuando tus padres te llevan a tantas cenas de negocios, acabas aprendiendo un par de cosas. Si le hubiera dicho eso, sabría que me está haciendo un favor y pediría otra cosa. Ahora cree que el favor se lo hago yo y, por lo tanto, estamos en paz.

—Impresionante...

—Pero que quede claro, te estoy ayudando a ti, no a Amina.

—Y-ya, lo entiendo.

No esperaba que todos nos perdonaran. Yo me conformaba con que Ámina se disculpara con todo el mundo, pero al final así fue. Incluso me perdonaron a mí por no decir la verdad desde un principio. Me había quitado un peso de encima, debería haber sido sincera desde el principio.

—Lo siento, Amina, no sabíamos que estabas escuchando —me disculpé.

—Ni que la bolsa estuviera insonorizada —contestó aún molesta.

—Tampoco hemos dicho nada que no fuera cierto —le soltó Ber.

Ámina le fulminó con la mirada.

—Tranquilizaos los dos. Amina, si quieres demostrarle que se equivoca, deberías sentarte a hablar con nosotros —le sugirió Ram.

Ber le miró con unos ojos que decían «¿Qué estás haciendo?».

—No creo que sea una buena idea.

—¡Por favor! Hay un montón de cosas que quiero preguntarte —insistió.

Eso solo hizo que le apeteciera menos, pero entonces se encontró con mi mirada de súplica.

—Está bien —suspiró.

Se puso a flotar encima de una silla a mi lado.

—¡Genial! Me moría de ganas de hablar contigo. Después de todo, eres el primer miembro de los Nueve que viene de la misma dimensión que otro.

—Yo no soy de la misma dimensión que Susan.

—Ah, ¿no? —dijimos los dos a la vez sorprendidos.

—No. Acabé allí por accidente, pero vengo del mismo lugar que todos los demonios, el infierno.

—¡¿El infierno?! ¡¿Con Satanás?! —exclamé.

—De hecho, él era mi jefe, aunque me jubilé hace años.

Ramstro se rio pensando que era una broma, pero yo no estaba tan segura.

—Bueno, ya puestos a hacer preguntas, yo también tengo una —dijo Ber—. ¿Cómo es que te pareces a Susan incluso sin poseerla?

Era un buen punto. Nunca me había parado a pensarlo, aunque en cierto sentido sí que nos parecíamos mucho.

—Supongo que he estado tanto tiempo poseyéndola que mi alma se ha moldeado como la suya. Podría volver a la normalidad si quisiera, pero me da pereza. ¿Por qué preguntas, azulito? ¿Te molesta?

—No me llames azulito —le advirtió muy enojado.

—Venga, chicos, no os enfadéis, que aún tengo más preguntas —intentó tranquilizarlos Ram—. Amina, la primera vez que luchamos eras víctima de la locura de las sombras, ¿no? En el colegio, nos enseñaron que cada persona escucha un sonido diferente. ¿Qué escuchaste tú?

—Pregunta equivocada, musculitos. Será mejor que me pire, nos vemos en casa —se despidió antes de convertirse en humo y desaparecer.

—Amina, ¡espera! —intenté detenerla, pero ya era tarde—. Se supone que no te puedes separar de mí.

—Joo, no había terminado.

—¿Está bien que se vaya así? —me preguntó Ber.

—Es decir, no es como si pudiera causar problemas en su estado, así que...

—¿Y seguro que no es peligroso que vivas con ella?

—Claro que no, no te preocupes por mí.

—La que tendría que preocuparse eres tú. Confías demasiado en ella teniendo en cuenta su historial.

—A ver, ya sé que ha hecho cosas malas, pero eso no la convierte en una mala persona, solo en alguien que comete errores y todos cometemos errores. Sé que es una buena persona, solo dale algo de tiempo y tú también lo verás.

—Si tú lo dices, pero ten cuidado —me aconsejó.

—No tiene sentido seguir con esto, así que cambiemos de tema —sugirió Ram—. Ber, háblanos de esa cosa que me enseñaste ayer.

—¿Te refieres a la pistola de rayos? —respondió sacándola de su cinturón—. La construí para poder ayudar si acabamos en otra pelea.

—Si al final fuiste tú el que dejó KO a Amina.

—Ya, yo no contaría con que eso vuelva a pasar jamás. Con lo que sí puedo contar es con mi puntería, por eso esto, pero no quiero aburriros con un puñado de datos científicos.

—Tío, es una máquina que dispara luces de colores capaces de derretir rocas. Es imposible que sea aburrido.

—Bueno, si lo pones de esa manera, en realidad, le he hecho algunas modificaciones y ahora también tiene un modo aturdidor. Solo he tenido que modificar las partículas térmicas con un...

Unos minutos de charla científica y Ber se había olvidado por completo de Amina. Estuvo horas explicándonos el funcionamiento de la pistola, aunque he de admitir que me costaba seguirle el ritmo. Al menos, me estaba enterando más que Ram. Las caras que ponía hacían que tuviera que aguantarme la risa.

Es bastante impresionante lo mucho que puede cambiar la vida en unos meses. No sé cuándo Ber terminará su máquina o si el faro cambiará de opinión y nos devolverá a nuestras casas. Sin embargo, no tengo ninguna prisa.

Estoy segura de que mi maestro me ha estado vigilando desde el más allá y he debido de preocuparle mucho, pero ahora ya puede descansar en paz, porque tengo la sensación de que todo va a estar bien.

Theo

Llevaríamos días intercambiando golpes de guadaña en las afueras del reino, ya había perdido la cuenta.

Me atacó por sorpresa justo cuando volví de mi siesta.

Se suponía que llevaba milenios muerto, mis mejores amigos murieron para acabar con él.

Al principio, estaba determinado a acabar con él definitivamente y lo sigo estando. Sin embargo, estaba empezando a cansarme y la peor parte de eso es que él no.

Me falló la fuerza en las manos y me quitó mi guadaña. Intenté invocar otra, pero antes de que pudiera hacerlo me cogió las dos manos.

—Se acabó, para ti y para este mundo.

Las sombras de las que estaba hecho su cuerpo empezaron a cubrir mis brazos.

—¡No! ¡No voy a pasar por esto! ¡NO OTRA VEZ!

Intenté soltarme, pero ya no tenía control sobre mis manos.

Cuantas más partes de mi cuerpo cubría, más perdía el control.

La otra vez no tardó tanto, lo estaba haciendo aposta para torturarme y funcionaba.

—¡SUÉLTAME! —grité desesperado cuando mi cabeza se convirtió en la única parte de mi cuerpo sobre la que aún tenía el control.

Seguí gritando hasta que mi boca también fue cubierta y mis gritos fueron sustituidos por una risa desquiciada.

Esa risa, SU RISA, fue la última cosa que escuché antes de perder totalmente el control...

Índice